PAOLA COMINOTTI

NE VALEVA LA PENA?

ROMANZO

ANGOLAZIONI

Universi paralleli

Paola Cominotti
Ne valeva la pena?
ISBN 978-88-98993-20-8
Angolazioni Editore
Via Cicognini, 22 - 25034 Orzinuovi (BS)
Sede operativa:
Via Cicognini, 24 - 25034 Orzinuovi (BS)
www.angolazioni.it - libri@angolazioni.it

Immagine di copertina: ©Angolazioni
Elaborazione grafica: ©Angolazioni

Ogni riferimento a fatti, luoghi o persone, è puramente casuale.

A Gian Angelo

PREFAZIONE

Strano modo questo di pensare un titolo in forma di domanda, con regolare punto interrogativo alla fine.

"Ne valeva la pena...di far che?"

Man mano che la narrazione si irrobustisce, pagina dopo pagina, si comprende davvero come la questione non sia di poco conto e che lasci aperte diverse possibilità di risposta, così com'è per ciascun PENSANTE nel fluire dei giorni della vita.

Certo è che la domanda va posta perchè, forse oggi più di ieri, talmente presi dalla frenesia madre della superficialità, troppo spesso non ci chiediamo il senso dei gesti che compiamo e, purtroppo, neanche le ragioni delle scelte, anche importanti.

La moda dominante parrebbe essere quella di stare nella scia della tendenza che è conformismo, comodità, confortante certezza di non esclusione.

Anna, protagonista forte e tenera di questa

avvincente storia, si interroga se "ne valga la pena" più di una volta.

E' magistrato ormai da cinque anni in una città di mare. Brillante, giovane, apprezzata, single per scelta, ha davanti a sé una carriera promettente.

Porta sulle spalle una formazione avviata in famiglia, ancor da bambina, in cui i principi morali, il senso del dovere, l'essere in pace con la propria coscienza sono i capisaldi della vita.

Talvolta pesano come zavorra ingombrante perchè bloccano la corsa al successo, perchè obbligano a rinunce difficili da sostenere, dal prezzo altissimo.

Anna alterna momenti di dubbio a squarci di convinzione che trovano fondamento proprio in quei cardini indelebili ed immutabili nelle coscienze.

Lei ascolta la sua coscienza anche quando lo scoraggiamento per un amore finito perchè non ha saputo o voluto essere "abbastanza lieve", le fa capire che per l'altro, cardiologo alquanto preso da sé, doveva essere solo leggera come un gioco.

Anche quando sa con certezza che denunciare il Presidente, corrotto falsificatore di sentenze camuffato da vittima, la condannerà all'incomprensione, all'ostracismo perchè è l'intero sistema ad essere malato di una malattia che si tollera, si accetta e perfino si appoggia.

Tanto questo è l'andazzo, per tutti. Chiediamo sempre lo scontrino?

Anna va avanti perchè lei non teorizza sulle raccomandazioni da aborrire. Non le chiede e basta. Si oppone ad una magistratura collusa con i poteri forti perchè a quest'ultimi non chiede nulla, nemmeno al suo vecchio professore che la ignora quando viene a sapere che lei ha "osato" ribellarsi al sistema.

La denuncia di Anna verrà archiviata? Così viene proposto. Ma il Pubblico Ministero è tosto!

Non conta il risultato, conta la determinazione di questo Don Chisciotte in toga.

Vale la bravura dell'autrice Paola Cominotti, ora editore e qui alla sua seconda opera come scrittrice.

Dipinge con sapienza diversi mondi: quello della magistratura, della capitale, della famiglia, delle amicizie.

Sono proprio gli amici i comprimari dell'azione. Quelli autentici divengono oasi di sicurezza e di ristoro, gli altri macchiette di emblematica meschinità, come Massimiliano, collega e solidale fino al punto in cui nulla si rischia, poi, fatti i conti e valutato il tornaconto, arrivista e maestro del politicamente corretto.

L'autrice dichiara di scrivere pensando a

un'amica. E' forse lei la Stefania che sa raccogliere con garbo e discrezione le confidenze di Anna? Non si vedono spesso, ma si capiscono ad un cenno di voce, ad un colpo di tosse, nei piccoli gesti.

La Cominotti indaga e rappresenta le sfumature psicologiche degli attori della scena e ne narra il percorso con eleganza formale, con incedere avvincente, offrendoci perfino pagine di ampi squarci descrittivi di persone, ambienti, paesaggi, emozioni e sentimenti che sconfinano nel liricamente poetico.

Alla fine, caro libro titolato "NE VALEVA LA PENA?"

Rispondo di sì.

Ti ho letto volentieri, ne è valsa la pena.

Agostino Garda

ANNA E STEFANIA

Stefania l'aveva sentita strana al telefono, l'ultima volta.

Ma non ci aveva pensato più di tanto, si era limitata a registrare e ad archiviare questa sensazione.

Solo qualche giorno dopo, in un momento di calma, senza corse, l'aveva richiamata per chiederle una spiegazione, se fosse stata disponibile a parlarne.

La sua amica Anna era un giudice, bella donna, single per scelta o per selezione troppo accurata della fauna maschile. Era ricca di umanità profonda, una specie in estinzione. Autentica in ogni sua storia vissuta con entusiasmo e inquietudine oppure con gioia e turbolenza; altre volte, semplicemente con somma, esilarante felicità, quasi un distillato puro di follia. Da invidia.

Aveva studiato duramente tutta la vita, e aveva praticato l'Avvocatura molti anni.

Il suo vero sogno però, da sempre, era abitare la Magistratura, domicilio meritato a costo di sacrifici gravosi, di mesi di *studio matto e disperatissimo* che le avevano imposto lunghe parentesi di clausura.

Così aveva varcato la soglia di quella che sarebbe stata la sua dimora.

Destinata all'area penale del Tribunale di una città di mare, da ormai 5 anni, si sentiva realizzata.

La sua era una vita di pendolarismo, cui si aggiungevano le trasferte per la partecipazione a una commissione di studio specializzata in approfondimenti di tematiche giuridiche. Sedeva lì, nominata dalla Presidente del suo Tribunale.

Le capitava di dormire in due o tre città diverse a settimana.

Amava questo modo di vivere le giornate, dense di atti e riflessioni sulla giustizia, costellate da discussioni più o meno illuminanti, finalizzate alla soluzione di casi a volte molto seri, altre volte molto evitabili.

Spesso si trattava semplicemente di andare incontro alle lacune del buon senso comune.

Lavorava, di fatto, in un teatro, abitazione fissa di personaggi caratterizzati da registri diversi, in cui sensibilità ed etica spesso cozzavano con croste di apparenza e convenzioni, diventate il loro involucro.

Assisteva ogni giorno a innumerevoli battaglie, non solo del bene contro il male, ma della giustizia contro una giustizia diversa, ugualmente importante: questo era il suo vero dramma, la parte tragica delle rappresentazioni che andavano esibendosi per approdare verso finali spesso insoddisfacenti. Umani.

Era il suo lavoro.

A questo dilemma interiore si aggiungevano note di folclore dovute al fatto che molti degli attori, con grande sforzo d'equilibrio, si reggevano sui terreni scivolosi della scena, cosparsa da un olio denso, impuro, che ungeva troppo, che si espandeva nei recessi più impensati del meccanismo, a ingannevoli macchie di leopardo.

Così da far apparire la realtà giuridica esageratamente cangiante e mutevole, a seconda dei punti d'osservazione, e soprattutto prepotentemente elastica, come una vecchia coperta, tirata, in ogni lato, da dita rugose, guarnite con anelli dorati, barocchi, sempre più tesa da una parte o dall'altra, grazie all'aiuto di dita giovani, più rosee e paffutelle, viscide nella loro carnosità ambiziosa e affamata.

Dita di mani rapaci, che si muovevano spesso sotto il pelo della superficie, appartenenti a corpi insospettabili o sospettabili, nella maggior parte dei casi.

Comunque e sempre, riveriti.

Anna e Stefania si sentivano spesso, ma si incontravano poco.

Era un'amicizia di lunga data e di prolungato affetto, uno di quei fili che attraversano le vite e le tengono insieme, da un capo all'altro. Un nodo che, accanto a pochi altri, altrettanto forti, regge il groviglio delle esistenze di quei pochi esseri fortunati che si muovono sorretti dalla resistenza di questi legami.

Stefania, abitava nel suo paese d'origine da oltre 50 anni, divisa felicemente e affannosamente tra un marito, tre figli e un lavoro.

Lui: simpatico uomo, intelligente e selvatico, occhi verdi e in un angolo malinconici, capello castano scuro, alto, bel profilo. Custodiva in sè nobili e elevati sentimenti esternati, talvolta, con rude e indiscussa spontaneità.

I figli: due ragazzi e una ragazza bellissimi, soprattutto svegli, elevati intimamente dal suo amore materno a giovani dei.

Il lavoro: insegnante di lettere, in un liceo locale, necessario strumento di vita, affascinante nella sua funzionalità.

Le era capitato, più o meno per caso, di ricoprire cariche diverse, elettive e non, e di servire l'Amministrazione comunale, il suo paese.

Ne era stata felice: si era impegnata allo sfinimento, spesso stringendo i denti, contenta di fare qualcosa per quel suo piccolo grande mondo.

Le delusioni o gli entusiasmi, strascichi dei meccanismi politici, l'avevano toccata, nel profondo, ma non erano riusciti né a trasformarla, né a confonderla, né a deprimerla.

Il suo bilancio personale era molto realista, le placava le ansie della mente e i conflitti con sé stessa.

L'età incominciava ad esigere un resoconto e, per ora, le sembrava di aver superato, tutto sommato, con il suo carico di errori e successi, l'arduo esame.

Si decise a richiamare l'amica, un tardo pomeriggio di qualche giorno dopo.

Aveva appena terminato una giornataccia: cinque ore di lezione al mattino, un pranzo veloce da sua madre, sempre estremamente disponibile ad aiutarla nell'organizzazione dell'articolata famiglia.

Poi, era passata da casa subito dopo, con il boccone in gola, a stendere, in modo che la signora l'indomani trovasse il bucato asciutto da stirare, rammentando a sé stessa, come ogni volta, che avrebbe dovuto acquistare la benedetta asciugatrice, come tutte le sue colleghe.

Non si ricordava più il prezzo, ma l'avrebbe

comunque presa.

Mandò un messaggio al figlio maggiore, per accertarsi che avesse le chiavi per entrare in casa, al ritorno dall'università.

Ne mandò un altro al figlio di mezzo, che si sarebbe trattenuto al liceo per il pomeriggio settimanale, chiedendo anche a lui la stessa cosa.

Quel giorno doveva portare la terza figlia da Emanuela, un'amica a sua volta con figlia, in modo che le bambine giocassero e svolgessero qualche compito. La chiamò per comunicarle che anticipava di mezz'ora, che quindi era già per strada, scusandosi per essersi scordata di avvisarla che era stata convocata una riunione a scuola.

Passò in rassegna le varie eventualità rimaste in sospeso...le sembrava di aver coordinato tutto.

Bloccò la macchina davanti alla casa dell'amica, lasciò che la figlia scendesse, la richiamò per darle lo zaino che aveva dimenticato, salutò Emanuela affacciata alla finestra, gridando da giù: – Passo verso le sei – e si rimise in marcia, calcando il piede sull'acceleratore come se schiacciando in profondità si potessero immediatamente guadagnare chilometri e tempo.

Parcheggiò davanti all'Istituto scolastico,

corse verso l'Aula magna, salutando velocemente gli ultimi ritardatari che, come lei, affrettavano il passo percorrendo il tragitto dal cortile al corridoio.

Finalmente riuscì a sedersi su un'agognata sedia, delle ultime file. E si sentì rilassata: ora poteva starsene qualche momento tranquilla ad ascoltare il Dirigente.

Si sarebbe, in un certo senso, riposata.

Ascoltò, annotò, prese atto delle novità, professionali e non.

Al termine riprese la sua corsa all'inverso, ritirò velocemente la figlia dalla casa dell'amica e rientrarono insieme.

Verificò che i due figli maggiori fossero ritornati.

Chiese loro un aggiornamento sulle vicende della giornata, mentre con un coltello tastava le lasagne estratte dal freezer la mattina: erano scongelate e per la cena sarebbe stato necessario solo riscaldarle un attimo. Controllò che ci fossero pane a sufficienza, verdura e affettati nel frigorifero.

Rispose con calma alle richieste di uno che chiedeva soldi per la gita scolastica e una firma di autorizzazione, all'altro che chiedeva soldi per l'abbonamento alle lezioni di Kung Fu; firmò, accompagnando alla grafia un sonoro 'brava!' il nove in matematica di cui la figlia le aveva parlato in macchina, dopo di che scese a cambiarsi velocemente, informò che sarebbe andata a fare una corsetta per rilassarsi, raccomandò di stare in casa ai tre, che già si erano piazzati davanti alla televisione, ciascuno con il suo cellulare in mano, sbracati sul divano e sul tappeto, senza scarpe, con maglietta bianca e pantaloncini corti da palestra.

– Portate in camera gli zaini e i giubbini! Ciao, io vado…

Nessuno le rispose.

Al secondo saluto ottenne qualche grugnito cui, in extremis, si aggiunse un coro di richieste:

– Però mangiamo presto, perché poi io esco, ma'…

– Io ho allenamento fino alle nove, lasciami tanto da mangiare! Porzioni abbondanti, per favore, non come martedì…

– Mammy, ricordati che alle otto e mezza ho le prove del musical…ti ricordavi?

– Eeehh, cosa fai per cena?

– Lasagne, verdure e affettati.

– Io ho già fame. Fai tanto di tutto, ma'… capito?

– Sì, a tutto, sì! – rispose sospirando stancamente, sgattaiolando fuori dalla porta per non sottrarre un minuto in più alla sua ora d'aria.

– Anna, posso? Tutto bene? Mi sembravi strana, l'altro giorno, sbaglio? – aveva direttamente esordito Stefania nell'auricolare del cellulare che le stava cadendo dalla cintura, allacciata ai fianchi, sopra i leggings.

Entravano sempre direttamente nel cuore dell'argomento, sfrondando le conversazioni dai soliti riti dei convenevoli salottieri.

– Tu che fai? Stai ansimando…– le chiese Anna, prima di rispondere.

– Faccio jogging, avevo un attimo e ti ho chiamata, allora?

– Sì, hai ragione, è un pessimo periodo, veramente nero, Stefy.

– Ma che hai? Che ti è successo?

– E' successo che dovremo scrivere un libro che si intitola: 'Ne valeva la pena?'…

– Anna? Che stai dicendo? Non capisco.

– Non posso al telefono, dobbiamo vederci.

– Questo week end torni? Se sei libera domenica pranziamo da me e poi facciamo un giro a piedi in campagna, così intanto che mi racconti ti disintossichi dalla città.

– Va bene, volentieri. Ti faccio sapere il giorno esatto.

– Poi se mai, invitiamo gli altri.

– Sì, più tardi però, prima parliamo.

Trascorsero dieci giorni. Riuscirono ad incontrarsi una domenica di primavera al paese in pianura di Stefania, Rocca de Urcei. Era un paese a pianta romana con una piazza centrale, contornata da portici e palazzi dai colori pastello.

C'era una strada che usciva dall'abitato, costruito nel corso dei secoli, che circondava la cinta delle mura antiche.

Quella strada, dopo le ultime case, portava in campagna.

Il tratto più lungo era costituito da un rettilineo stretto, ridotto ad una corsia e mezza, forse considerato ampio un tempo, quando gli unici a transitare erano animali con carretti o biciclette, ora non più.

Ma l'aria quasi primaverile di quella giornata era la stessa di allora, il verde chiaro delle vaste distese coltivate si perdeva a vista d'occhio e si arrestava solo dinnanzi all'interruzione di qualche fazzoletto giallo limone.

I cordoni sterrati delle strade bianche adiacenti costeggiavano i riquadri fino ai muretti di cinta e alle alte cancellate d'ingresso, in ferro battuto, di qualche cascinale.

Il cielo era terso, l'aria frizzante.

Qualche volta sullo sfondo, lontano, ma quasi vicino a chi guarda, si stagliavano le Prealpi ancora incappucciate di un bianco brillante, intonso come l'azzurro sospeso più in alto, che le punte innevate sostenevano con leggerezza.

Stefania, mentre camminavano, nelle loro tute sommarie e vecchie scarpe da ginnastica comode e usurate, spiegava ad Anna che quella strada portava e porta ancora oggi ad un convento, antico come tutti i conventi che evoca la mente, carico di storia, poco raccontata, circondato da agglomerati una volta popolosi, ora meno, che allora bastavano a sé stessi e che forse vorrebbero bastarsi ancora.

Guardandolo, si radunavano nella mente i molti misteri e il passato nebbioso che avvolgeva quell'angolo di mondo: questo lo rendeva di per sé importante, lo vestiva di una dignità solenne, che induceva al silenzio.

Era il motivo per cui se ne sentiva attratta e affascinata.

Le raccontava che quella macchia di campagna era stata una sorta di paese, piccolo, vantava una sua Chiesa dove ogni domenica tutti si recavano all'appuntamento settimanale che era la Messa, rito religioso, ma soprattutto momento d'incontro. Lì i bambini frequentavano sia scuola che catechismo, senza troppi dubbi serpeggianti.

Anna convenne: – Oggi ne abbiamo troppi di dubbi, tutti…

– Volevo regalarti un pomeriggio di relax, il

migliore delle migliori Spa – e risero.

– Ci sei riuscita, è un posto fantastico, sembra di stare in vacanza.

– Allora, mi vuoi dire cos'è quell'aria depressa?

– Ho presentato un esposto contro il mio Presidente di sezione – sintetizzò Anna, con la modalità veloce e essenziale che la caratterizzava.

Stefania si arrestò, una statua di sale, consapevole della gravità del gesto e ancor più della gravità della causa che poteva averlo determinato.

Senza conoscerne il motivo, con fermo stupore le rispose: – Se l'hai fatto, hai fatto bene. Avrai valide ragioni.

Non conosceva né l'argomento, né la storia. Sentiva già un subbuglio dentro di sé, nella sua pancia, sentiva che qualche cosa di enorme era accaduto e, probabilmente, avrebbe inciso sulla carriera dell'amica.

Conosceva da tempo Anna, aveva avuto modo di misurarne la moralità in più occasioni, era certa del suo senso etico, non per i racconti che ogni tanto le riservava, ma per le scelte che le aveva visto compiere, con decisione, senza rimpianti, per le posizioni chiare assunte nei piccoli e grandi eventi professionali vissuti.

Soprattutto per il prezzo da lei sempre pagato in prima persona per la sua coerenza.

Oltre i cinquant'anni non si chiedono più spiegazioni verbali per le questioni importanti: a quest'età si possiede sufficiente casistica, si ha registrato uno storico dei fatti e uno dei sentimenti, si hanno gli archivi abbastanza colmi per una valutazione che non lascia spazio a parole vuote o a siparietti ipocriti.

Si cerca solo un po' di vita vera, nulla più.

Entrambe senza averne ancora parlato, sentivano la stessa cosa.

Anna stava sorridendo, d'un sorriso amaro, i capelli mossi dal vento, il naso e le mani arrossati. Era un sorriso di riconoscenza, di fiducia raccolta a piene mani, era lo spazio di pochi secondi, il tempo di una riconferma della loro solida amicizia.

Stefania continuò: – Che cosa ha fatto?

Anna le rispose con disarmante semplicità: – E' il Presidente della mia sezione, è un collega, ma è un uomo disonesto, è un corrotto, lo sapevano tutti Stefy, anche i muri, lo sapevano tutti e nessuno ha mai rivelato nulla, nulla… ma questa volta rischia lui e ci trascina insieme: ha arbitrariamente deciso di cambiare una deliberazione assunta a maggioranza del collegio: lui era parzialmente in disaccordo rispetto a me e all'altro collega. Alla fine della discussione aveva capito la nostra posizione. Però ha scritto lui la sentenza e abbiamo visto che è stata pubblicata molto diversamente da quanto noi avevamo stabilito.

La sua voce era normale, nemmeno troppo alterata. Continuava a parlare, camminando e guardandosi intorno, quasi volesse consolarsi con tutto quel verde irlandese, con le gemme di quella primavera della natura rinata, con la semplicità della campagna e della terra.

– E perché l'ha cambiata?

– Io un'idea me la sono fatta…Di solito questo non fa niente per niente, tutto è calcolato, a suo vantaggio, soprattutto economico….

Imboccarono un piccolissimo sentiero secondario, discendente, che portava verso il fiume, un tracciato segnato dal passaggio delle biciclette e dei cavalli, costeggiato da cespugli, in gemma, di nocciolo, di antana, di sambuco e di rose selvatiche, arricchito da querce e pioppi, intrecciati d'edera.

Anche gli alberi secchi si reggevano ancora, a parte qualcuno, che si era arreso e era caduto, ostacolando il percorso. A volte questi alberi eretti vivevano come fantasmi di sé stessi, di un grigiore lugubre e tetro, avvolti da nastri d'edera verde, contrastante con lo sforzo che i tronchi facevano per sopravvivere, che nell'altezza si confondeva già con la loro fine.

Sui tronchi dei pioppi i licheni macchiavano, a chiazze, le cicatrici grigie del legno rugoso, i muschi ricoprivano per la metà esatta, quella esposta all'umidità del fiume, i tronchi color terra, lasciando aleggiare il loro profumo al di sotto dei rami.

Le viole selvatiche e i ranuncoli occhieggiavano sul ciglio del sentiero, tra l'erba o all'interno, sotto le sterpaglie. Dovevano farsi strada a volte con le mani, spostando i rovi che intralciavano il cammino.

– Ce la fai?

– Sì, vai vai, non preoccuparti, quando facevo roccia ero abituata a tratti di salita attraverso i boschi di montagna, ci andavo con Ferdinando.

– Anna, l'hai chiamato per la cena di stasera?

– Sì, sta aspettando che gli mandi l'indirizzo in WhatsApp.

– Digli che ho prenotato per le 20.30: via Castello 3, qui da noi.

FLASHBACK

Fu l'argomento della serata.

Stefania e Anna avevano deciso di cenare insieme agli altri amici.

C'erano quelli di sempre: Gianni, Alessandro, Federico, Elisabetta, Andrea, Tiziana, Emanuela, Renato, Silvia, Diego, Luisa, Roberta, Daniela, Simone e Paolo. Li raggiunse Ferdinando, il nuovo amico di Anna.

Erano alcuni 'dei soci di vecchia' data, cresciuti quasi insieme, ognuno con il gomitolo del suo mondo, famiglie con figli o single impenitenti, lavori differenti, qualche svago, fatto di tutto e la loro amicizia, con qualche furibonda lite, appianata poi dall'affetto, stampato come un'impronta indelebile, in ognuno.

Alcuni erano gli stessi dei loro vent'anni. Gli altri si erano aggiunti nel tempo.

Di ciascuno si poteva osservare, sezionandone gli aneddoti, una metamorfosi lenta, ma evidente, di vita e di pensiero.

Si erano fatti la propria gavetta, breve o protratta nel tempo: erano riusciti a trovare una carriera da seguire chi come medico o architetto per scelta convinta, chi come commercialista per espiare le pene della vita precedente, o insegnante per vocazione, imprenditore o bancario per tradizione di famiglia, oppure ingegnere, avvocato, o direttore di qualche cosa che, in qualsiasi caso, creava problemi.

Si incontravano durante il corso dell'anno in occasione di svariati appuntamenti: si sapeva chi e come avrebbe festeggiato il compleanno o invitato per la festa di fine estate o per capodanno. Capitava che trascorressero insieme vacanze o weekend, preferibilmente all'estero. I loro ritrovi avevano il potere di trasformare il peso specifico delle preoccupazioni: le alleggerivano, per condivisione.

Ognuno di loro, alla fine di quei convegni goderecci, sentiva il cuore di piuma, addirittura non lo sentiva, a meno che non fosse serata di discussione: in questo caso la tensione veniva trasposta verso una questione, di solito poco rilevante quanto vacua, che, come spesso accade, sostituiva le questioni vere e importanti, quelle appartenenti al quotidiano e non alla 'vacanza'.

Parlavano, in continuazione, ridevano, mangiavano, bevevano e di nuovo parlavano: di argomenti culinari, del tempo libero, di libri letti e gustati, oppure accantonati, di film visti, di feste, di persone conosciute, di attualità, di ambiente, di viaggi.

Ironizzavano, questo concordemente, sugli atteggiamenti dei troppo dotti e dei troppo sapienti, ne sorridevano con leggerezza. Detestavano le ostentazioni, così come le ipocrisie, conoscevano le cose della vita. Non vivendo in bolle di sapone, le toccavano con mano.

E ancora, si raccontavano dei figli, della scuola, del lavoro, poco, ma anche di quello; degli avvenimenti eclatanti del paese; discutevano della politica locale, ma soprattutto nazionale e globale, di religioni varie; si rilassavano con qualche grasso gossip.

Questo soprattutto le donne. Ma solo in apparenza perchè quando loro tacevano, gli uomini chiedevano, con morbosità malcelata.

Erano dei sognatori, viaggiatori nello spirito, curiosi e bravi pianificatori nella programmazione di qualche trasferta.

Quella sera avevano scelto una vecchia cantina in cui trascorrere la serata la 'Taverna dei sette frati', in un vicolo del centro storico.

Calpestando l'acciottolato con i tacchi, le donne avanzavano a volte a passi barcollanti. Venivano così abbandonate dalle falcate maschili, troppo affamate per attendere galantemente le jurassiche compagne.

Queste, già immerse nelle presumibilmente

interessanti notizie dell'ultima settimana, rallentavano il loro passo, quasi incerto, fermandosi spesso per concentrare meglio l'attenzione sulla conversazione.

Incuranti, a loro volta, dei compagni.

Anna mancava spesso agli appuntamenti, occupata dal lavoro e dalla vita frenetica.

Si imponeva quindi, quella sera, un sintetico recupero delle puntate perse, che le venivano raccontate con sovrapposizione di voci e notizie: l'approccio risultava concitato, soffocato da informazioni.

Come un rito irrinunciabile, questi incontri conservavano ogni volta il fascino del ritorno all'essenza primordiale, li facevano sentire protetti nel ventre della loro quasi trentennale intesa.

A un: – Che carino il tuo vestitino! – acquistato in uno dei soliti outlet o boutique, e – hai cambiato ancora taglio, tu? – con aneddoto settimanale sul solito parrucchiere, si intrecciavano i quattro in latino di un figlio, le lezioni di matematica dell'altro, il colloquio con l'insegnante di fisica o d'inglese per passare dalle abilità professionali di un'insegnante alla carenza delle stesse nell'altro.

I figli frequentavano quelle scuole che erano state le loro stesse scuole, che un tempo portavano nomi differenti, con la marcata eccezione di Gianni che aveva vissuto il periodo della allora 'Scuola elementare' nella pluriclasse di un piccolo paesino di montagna e si era affermato come dottore Commercialista e Revisore dei conti, peraltro anomalo nel suo essere nobilmente anarchico e selvaggio. Vantava una sua formazione eclettica perchè accompagnato, da sempre, da una sana sete e curiosità di sapere.

Lui, sarcastico, derideva moglie e amiche in questo stracciarsi le vesti per la scuola e gli insegnanti: – Io ho frequentato le elementari in una pluriclasse di un piccolo paese di montagna, con la maestra Maria che aveva diciotto anni e piangeva tutti i lunedì. Sono cresciuto bene lo stesso – ripeteva ogni volta – guardatemi? Non vado bene così? – chiedeva girandosi compiaciuto su sé stesso.

– Che vuoi dire, con questa sorta di sfilata, che sei…bello?

– Va bene, sei bello, ma adesso vai…!

– Ancora con 'sto insegnanti? E basta! Ma almeno parlaste un po' di uomini…sareste meno noiose!

– Lo facciamo, quando non ci siete voi, naturalmente!

– Che vino beviamo? – chiese rivolgendosi ai soci di 'Vino e vinello', Diego e Andrea, con i quali seguiva, al circolo, lezioni sull'arte del saper bere bene.

– E giovedì scorso?

– Siamo andati in una cantina della Franciacorta.

– Fantastico, mangiato solo pochi assaggini, una cucchiaiata di risotto… che fame! Ma i vini, ottimi!

– Io resto sempre fedele a quelli francesi, però.

– Dovremo andare a far rifornimento.

Intanto si era passati alle ultime ricette di torte salate del corso di cucina: lo strudel al trevisano e scamorza e quell'altra torta salata, meravigliosa, alla burrata, puntarelle e alici: – Ma c'è troppa panna!

– Io ho messo metà panna e metà latte.

– Gusto delicato, anche se non si direbbe. Buonissima!

Sedevano tutti intorno ad un tavolo fratino in rovere massiccio, su sedie da osteria.

Tovagliette beige, bicchieri tondi, piatti bianchi in ceramica lavorata ai bordi e affiancati da spighe secche di grano legate a mazzetti con nastri verde oliva.

Le volte a botte, di mattoni rosso pompeiano, rendevano l'atmosfera intima e familiare, dalla quale si veniva fagocitati senza volerlo.

Il cotto del pavimento si congiungeva alle pareti d'un grigio chiaro e sfumato. Enormi vasi di ficus dalle foglie lucide e quasi carnose e di kenzie ridondanti riempivano gli angoli.

All'ingresso il proprietario accoglieva salutando tutti per nome e accompagnando al tavolo riservato, prima col sorriso che con il passo.

Si informava sulla salute del padre di uno, sull'esame della patente del figlio dell'altro, sempre rigorosamente in dialetto.

A loro piaceva quel posto: si poteva conversare con tranquillità, i tavoli erano sistemati in angoli o spazi che li tenevano distanziati gli uni dagli altri, quasi a proteggere una riservatezza, dal sapore contadino.

Alle loro spalle si apriva un enorme camino di marmo di Carrara venato di grigio, sul cui cornicione giaceva tutto l'anno una lunga ghirlanda di rami di pino, intrecciati con fette d'arancia seccate, cannella e fiori d'anice stellato. Ad ogni cena ne veniva rievocato il fuoco, che scaldava molti sabati di nebbia o di pioggia o, meglio ancora, di neve: allora si immergevano nell'atmosfera da fiaba e si riconciliavano con il mondo.

Ora Anna, sollecitata da troppe domande sulla sua espressione quasi triste, aveva iniziato a parlare, raccontando, dapprima a bassa voce, solo a chi le stava vicino, qualche cosa sulla sua vicenda.

A poco a poco, senza averne l'intenzione, aveva fagocitato l'attenzione. Tutti i volti si erano girati verso di lei. Gli sguardi, sedata la confusione inziale, zittivano vicendevolmente i commensali.

Ognuno aveva, lentamente, accompagnato alla fine il proprio argomento, con voce fioca, lasciando emergere solo le ultime frasi, quasi fossero code troppo lunghe, subito ritratte o piegate sotto le zampe.

Sapevano riconoscere simultaneamente i momenti leggeri e quelli importanti: questi venivano sempre rispettati, per tacito accordo.

Il tema, il tono di voce e l'espressione avevano catalizzato l'interesse senza altra regia, se non quella della consapevolezza comune.

Anna stava descrivendo quel personaggio tenebroso del quale altre volte aveva accennato, senza dilungarsi mai troppo.

Sessantadue anni, il volto solcato da rughe profonde, che gli attribuivano più anni di quelli effettivi, il capello tinto, lungo e incolto.

Occhi scuri, profondi e inquietanti. Sopracciglia folte, da Mangiafuoco. Magro, sciatto. Portava spesso giacche stazzonate, colli di camicia tratteggiati da una ben percettibile riga nera sul collo, denti alternati a vuoti.

Taciturno, freddamente gentile, poco espansivo.

Riservava attenzioni centellinate.

Queste attenzioni erano sufficienti a lusingare però chi, pendendo eternamente dalle sue labbra, si compiaceva di una frase in più, sciolta nella consueta arsura comunicativa, sentendosi in questo modo ricompensato da tanti abituali silenzi di dubbia interpretazione, da sguardi torvi e occhiate fulminanti.

Amava possedere, tutto. Ciò che è materiale e ciò che non lo è.

Esigeva attenzione, esclusiva, pattuendone silenziosamente la non corrispondenza.

Esigeva fedeltà, senza ricambiarla, senza il minimo sindacale della reciprocità.

Esigeva abnegazione, dando per scontato il quasi azzeramento di sé e l'ossequio che sentiva come dovuti dall'interlocutore.

Esigeva non solo il rispetto, ma il privilegio, ovunque.

– Una volta – stava raccontando Anna, – ho visto un'Audi A5 parcheggiata nel sotterraneo del Tribunale, nel suo posto riservato: la sua Giulietta non c'era.

Non ho avuto tempo di chiedere spiegazioni quel giorno, ma quello successivo, al ristorante, in pausa pranzo, sento, al tavolo accanto, il mio Presidente che parla a bassa voce: – In concessionaria non c'è bisogno di dire chi sono, non ho nemmeno dovuto chiedere lo sconto per la macchina. Ho pagato la metà esatta del prezzo, anzi, devo ancora pagare… e – si interruppe in una gran risata – quindi non ho pagato…chissà mai chi pagherà? – continuò in quel suo rantolo divertito, la bocca mezza piena, circondato dal coro delle risate dei suoi tre commensali.

Anna aggiunse: – Da quel giorno non ho più visto la Giulietta.

Lo raccontava con la consuetudine di una prassi, senza stupore.

Commentò soltanto: – Ho collegato il racconto al fatto.

– Ma scusa, così, se l'è fatta regalare?

– Credo…che l'avesse pagata del tutto non sembrava proprio, ma per lui è la prassi.

– E i tuoi colleghi?

– I miei colleghi tacciono, ridono, dicono che si sa che è così, è l'argomento dei commenti nei corridoi. Sempre.

– Perchè sempre?

– Perchè è una deroga continua delle procedure e tutti si adeguano. Ormai è la norma.

– Cioè, non rispetta nemmeno i codici?

– Abusa delle deroghe, non è che non le rispetti, ma agisce su una linea border line, con interpretazioni e, appunto, eccezioni che diventano costantemente la regola. Non c'è più norma applicabile in via ordinaria. E ai colleghi, probabilmente, va bene questo modus vivendi.

Poi, le prescrizioni, altra arma segreta. Quando qualche problema infastidisce, stai pur certo che quel problema non si risolverà, si temporeggerà, si fisseranno altre mille udienze che regolarmente verranno rinviate, e il reato cadrà in prescrizione, il tempo aggiusterà le cose…Queste sono le situazioni macroscopiche, poi quelle microscopiche, i dettagli sciocchi…

– Del tipo?

– Tutti sanno che l'usciere ogni anno deve andare nel suo palazzo ad addobbare l'albero di Natale all'interno della casa e quello alto cinque metri, in giardino: l'usciere utilizza il camioncino di suo genero, quello con 'il braccio', lo fa in orario d'ufficio, sta via tre giorni ogni anno, tutti sanno dove si trova e nessuno chiede nulla. Così come i biglietti chiesti per la partita o per il teatro… sempre presentandosi come il 'Signor giudice' o il 'Presidente'. Questo tipo passa la vita a sottintendere favori, oppure a privilegiare. Fa una rivisitazione ad personam del concetto di responsabilità, che confonde con il concetto di potere…

– Il Signor Giudice…

– Ma questo è niente – continuò Anna. – Ho il dubbio che non scriva nemmeno le sentenze, che, quando deve scrivere qualcosa, lo faccia scrivere a qualcun altro, cioè, peggio, che scriva ciò che gli viene chiesto…

– Scusa, ma come può essere?

– Credimi! Più d'una volta l'ho sentito liquidare avvocati di parte, in udienza, suggerendo ogni volta di fare la 'richiesta', ma che richiesta? ogni atto ha una definizione precisa… – disse con tono scandalizzato – come se tu, primario, andassi continuamente dicendo che il paziente è affetto da una 'cosa' senza specificare la patologia – continuò rivolgendosi a Ferdinando – Inoltre non spiega mai, parla pochissimo con noi, ma nel suo armadio c'è un faldone contenente minute scritte in grafie diverse e fogli stampati con estratti di argomentazioni, che lui pinza su pizzini. Ne ho letti alcuni: sono tutti relativi a casi sospesi. Tutti. Vedo cose molto strane, davvero poco chiare, ragazzi.

Sorseggiò del vino.

– E' strafottente, se ha voglia risponde, altrimenti finge di non sentire, è puntuale soltanto nel correggere chi non si rivolge a lui con l'epiteto di 'Signor Presidente' e si limita a chiamarlo Presidente, allora sì, corregge con estrema precisione l'interlocutore – . Tacque.

– Un'altra volta – riprese a raccontare Anna – l'ho sentito parlare al telefono con un funzionario della seconda circoscrizione del comune: gli ordinava, senza mezzi termini, senza nemmeno un 'per favore', di procurargli l'abbonamento gratuito del parcheggio della zona C3, più comoda per lui. Lo imponeva, letteralmente, dando per scontato di non doverlo pagare, sempre in nome del suo… status! Quando penso che Papa Francesco si è pagato il conto alla Casa del Clero dopo il conclave o che Obama si è pagato l'ingresso al Colosseo durante la visita a Roma! La cosa più tragica – proseguì – è che ormai ci abbiamo fatto l'abitudine, sembra normale a tutti riconoscere giorno per giorno un piccolo privilegio dopo l'altro, il cui significato forse non è nemmeno economico, anzi scusate, no, nel suo caso pitocco com'è, potrebbe essere…Forse lo fa per sottolineare l'essenza della posizione in sé, la distinzione dovuta non grazie ad azioni positive e efficaci, o all'onore, come traducevamo dagli antichi, ma all'affermazione di un potere rappresentato da posizioni o supposti privilegi di casta.

So anche che ottiene moltissimi finanziamenti per quella sua pseudo Associazione culturale, come si chiama? 'La cultura siamo noi'. Sì, riceve sostegni, diciamo, filantropici, più o meno sotto banco, più o meno fatturati, finalizzati a sostenere quei quattro eventi del cavolo che ogni anno propina a spettatori precettati. Il resto sai dove finisce? Nelle sue tasche. Un modo nobile e innocente per ricevere soldi. Questo tizio incute soggezione. E, in molti casi è sicuramente meglio incutere soggezione verso gli altri, soprattutto verso chi si trova in subordine…

– Vuoi dire un piccolo re dalla coroncina di cartone? – sintetizzò Daniela.

– Sì, peccato che quello lì – riprese Anna – sia un giudice e rivesta un ruolo cui è attribuita una precisa funzione, che dovrebbe essere onesta e super partes, almeno così studiavamo all'università… Questi risvolti e contorni, unitamente al collo delle camicie sempre luride e ai capelli unti, fanno di lui una figura veramente sporca! E ora non posso dirvi di più, ma c'è dell'altro, altro enormemente grave…

– In tutti i sensi a quanto pare!

– Grave e sporco, grave e sporco…

Calò il silenzio, per un lungo istante.

– Puzza anche?

– Tantissimo! – ammise Anna arricciando il naso in una lunga smorfia! – ma lui non se ne cura! Mica si lava! E, a parte gli scherzi, continua imperterrito con i suoi modi da Don Rodrigo. Il figlio ha sostenuto lo scritto del concorso per notaio: secondo me se i fili del telefono avessero potuto parlare avrebbero raccontato la storia di comunicazioni seriali, ad ogni ora del giorno e della notte per 'informare' o 'rendere nota' la notizia al tal commissario o all'altro e i contatti si moltiplicavano e le informazioni venivano diramate in modo capillare, senza tralasciare alcuna raccomandazione. Ha mosso mari e monti!

– Al telefono?

– Sì, sì, non si preoccupa di nulla…

– E alla fine il delfino ha superato l'esame?

– Lo scritto sì, Roby, vedremo l'orale…

Avevano ordinato gli immancabili dolci: tortini caldi di cioccolato con cuore d'arancia, semifreddi al torroncino e croccanti ripieni di ganache al gianduia annaffiati da una bottiglia di Porto.

– E tu filmalo, registralo….! – le suggerì Tiziana, cui non andava mai di rassegnarsi alle ingiustizie del mondo e che viveva nel tentativo di trovare un'immediata soluzione a qualsiasi problema.

– Non potrebbe usare i filmati come prova, se anche lo riprendesse di nascosto, anzi! Al massimo potrebbero registrarlo in conversazioni sotto controllo e sequestrare come documentazione le registrazioni, ma serve un processo…– spiegò Luisa.

– Che per ora non c'è, per ora…– continuò Anna.

– Amica mia stai attenta! Ho capito che stai già decidendo di denunciarlo, ma proteggiti! – la avvertì cautamente Roberta.

– Mi sa che ho già deciso, se sto così è per questo!

Anna giocava con il cucchiaio, torturando il

suo tortino, sezionandolo e assaggiandone piccoli frammenti.

Parlava con il distacco di chi è abituato a vedere intorno a sé il mondo capovolto, dalla testa ai piedi, l'esatto opposto di come dovrebbero essere le cose, con la distanza di chi è solito far cadere su di esse uno sguardo consapevole, ricco di casistica e memoria.

Teneva tra le dita di una mano, le briciole di pane nero, che raccoglieva dalla tovaglia, per giocarci, nervosamente, senza avvedersene. Le spezzava continuamente in particelle microbiche, mantenendo un sorriso appena accennato e lo sguardo fermo.

– Possibile che questi trovino continuamente il modo di fare tutto, sotto gli occhi di tutti e che contro di loro non si possa mai fare nulla? – si stizziva Emanuela, mentre l'indignazione le colorava le gote.

Si guardava intorno.

Gli uomini tacevano, interessati. Stavano raccogliendo informazioni. Le stavano incasellando negli appositi spazi del loro cervello. Le donne commentavano con chi avevano vicino: ne avevano già raccolte più che a sufficienza e erano già passate alla reazione.

– Ci sarà pure un modo per sradicare tutto questo?

– Sarà una durissima battaglia, ma c'è, certo

che c'è... – aggiunse Anna dopo qualche momento di pausa – solo che ognuno dovrebbe fare la sua piccola parte, mettere il proprio mattoncino ogni giorno per costruire un muro contro le richieste improprie e inaccettabili, rifiutandosi di cedere. Ma chi lo fa? Chiediamo tutti gli scontrini fiscali e le fatture per esempio? Siamo sicuri?

– Sentimi: fai quello che hai in mente e continua ciò che hai incominciato! – concluse perentoria Stefania.

IL SENSO DEL DOVERE

Sua madre e suo padre le avevano sempre imposto Messa e catechismo.

In casa sua si parlava senza fine del 'senso del dovere', decisamente troppo, e vigevano regole molto ferree. Quelle appartenenti alla sfera della cosiddetta morale erano, senza ombra di dubbio, le più ferree.

Da ragazzina queste modalità dei suoi erano state spesso oggetto di discussioni, sollevate da lei e dai fratelli, per l'insofferenza che la loro pesante osservanza comportava quotidianamente.

Lei, bambina prima, adolescente dopo, non ne poteva più delle feste di precetto, della Messa che rovinava la domenica mattina, di questo atteggiamento quasi bigotto che le avvolgeva ogni azione e ogni pensiero.

Non ne poteva più di dover sempre aiutare chi stava peggio, chi era emarginato, chi si sentiva solo: quelli erano gli 'sfigati' e frequentando loro, anche lei sentiva che stava diventando una 'sfigata'.

Non ne poteva più di dovere aiutare, soccorrere obbligatoriamente nei compiti l'amica che, poverina, era meno fortunata perché meno dotata: per quel che la riguardava, che stessero tutti a casa da scuola.

E c'era il carnevale, alle 'Elementari', quando gli altri bambini andavano in maschera: a lei era vietato, per par condicio, così chi non poteva permettersi un bel vestito non si sarebbe sentito solo e emarginato.

Con il risultato che, per lo stesso motivo, a chi non poteva permetterselo qualcuno portava sempre qualcosa e lei era l'unica a non essere mascherata. Ogni anno, allora, la maestra per compassione, verso di lei, naturalmente, le ritagliava un cappello e una bavaglia di cartoncino colorato e glieli appiccicava addosso con la scritta in pennarello rosso 'Voglio la pappa', circondata da tanti cuoricini i cui contorni sbiadivano sotto lo scorrere delle sue lacrime.

Stessa storia con i doni di Santa Lucia: lei non poteva portarli a scuola, i suoi doni dovevano restare a casa, così sembrava che a lei non portasse mai niente.

Poi, cresciuta, c'era il volontariato, perché si doveva frequentare l'oratorio e all'oratorio c'era l'imbarazzo della scelta sui gruppi che prestavano aiuto presso la Casa di riposo, piuttosto che al Gottolengo, con soggiorno 15 giorni a Torino ogni estate, oppure all'ospedale o in luoghi analoghi.

A diciotto anni aveva deciso di ribellarsi, aveva smesso di frequentare la Chiesa.

Si era sentita soffocare.

Aveva dato un taglio netto a quel dover essere buona per forza.

I suoi fratelli avevano seguito più o meno lo stesso percorso.

Ciò nonostante il senso di colpa continuava a serpeggiare costantemente nella sua vita, senza che lei lo volesse ammettere, anche dopo l'abbandono della Messa e di tutto il resto.

Da ragazza, quando avrebbe voluto divertirsi la sera, come tutte, l'orario di rientro era talmente anticipato da impedirle, a volte, di potersi aggregare al gruppo e uscire come gli altri, se non a prezzo di discussioni infinite.

Se si decideva per la discoteca, lei doveva chiedere ai genitori una proroga speciale, con tanto di motivazione in calce, critiche e riflessioni a margine sull'opportunità della sua partecipazione alla serata, ovviamente mancata benedizione di suo padre che detestava 'quei locali'.

Seguiva discussione inevitabile sul limite orario che era in qualsiasi caso sempre troppo prima di tutti gli altri.

Lei, con la forza della sua determinazione, riusciva a partecipare a queste evasioni, durante le quali, però, ricordava di non essersi mai divertita fino in fondo, tanto le parole dei genitori si erano insinuate nei meandri della sua coscienza, su cui pesavano come macigni, tutt'altro che muti.

O, per meglio dire, non proprio tutte le volte, ma non quanto avrebbe voluto….

Quando perdeva tempo girando a zonzo con le amiche e, più tardi, anche con gli amici, si sentiva in colpa per le ore sottratte allo studio, tanto che incominciò autonomamente a fissare dei paletti e dei termini per il rientro in modo da potersi rilassare con la coscienza leggera, sapendo che comunque il sacrificio la stava aspettando, inesorabile.

Doveva vestire sobria, secondo i dettami antichi della moda familiare: ecco perché, sempre verso i diciotto anni, buttò dall'armadio tutti gli abiti stile catechista e li sostituì con una serie di minigonne inguinali e tacchi vertiginosi.

Al mare, sulla spiaggia, suo padre le raccomandava di 'non ancheggiare' troppo in costume da bagno: incominciò di conseguenza a focalizzare un'attenzione particolare agli atteggiamenti seducenti, che in realtà si trasformarono poi in una parte di lei, affinandosi nel prosieguo, sino a fluire in spontanea modalità di relazione con uomini e donne.

Inconsciamente voleva piacere, in ogni occasione e spesso si metteva alla prova, mai sazia nel tentativo di superare sé stessa nel voler affascinare, abbagliare, colpire gli uomini per un verso e le donne per altri.

Tutti questi limiti e i legami imposti dalla sua educazione, erano stati a poco a poco monitorati, la maggior parte smantellati, quelli rimasti, testati. Soltanto pochi, alla fine, collaudati e in seguito adottati.

La sua crescita era stata, come per tutti, ma per alcuni aspetti con maggior forza, una vera lotta nell'affermazione della propria personalità soprattutto rispetto alle relazioni e alle amicizie.

Un bel capitolo a sé stante riguardava invece l'argomento 'uomini', discorso decisamente più difficile e complicato.

Il fatidico senso del dovere le era stato fin troppo inculcato. E, sebbene sempre da lei trattato con senso critico, intimamente doveva essersi in qualche angolo, radicato.

Volente o no, riemergeva, sicuramente più del necessario, soprattutto di fronte alle grandi scelte della vita.

Come questa.

In questa vicenda professionale Anna stava trovando in sé stessa una forza più grande di quella riservata ai progetti consueti, della vita normale.

Doveva, innanzi tutto, circoscriverne la definizione, pur conoscendo perfettamente il suo nome. Non era una forza nuova, era già maturata da tempo, rimasta dentro, per lunghi anni, senza saperlo.

Un pensiero nascosto, un'ombra, che non si vedeva e non si toccava. Si scorgeva ogni tanto, non dava fastidio e non intimoriva.

Perché di solito si fa così, non la si guarda, la si lascia perdere.

Ma il pensiero è lì accovacciato in un angolo buio dei meandri della mente.

Cresce piano con il passare del tempo.

A volte riaffiora, si presenta dinnanzi alla coscienza, ma non subito viene riconosciuto, quasi mai viene dichiarato il suo nome.

Sembra un riflesso, il riflesso di una qualche suggestione, nebulosa scia, alone rimasto dopo un incontro importante.

Lo si sente sotto pelle, ma scorre, come il sangue, come un fiume sotto la crosta terrestre. Scorre senza essere visto, riemerge a volte, per poi scomparire di nuovo.

E così s'ingrossa, per lungo tempo, non si sa quanto, ma s'ingrossa. E se incontra terreni scomposti, c'è il rischio che riemerga più spesso.

Fino al giorno in cui non lo si può più ignorare. Un bel giorno esonda e ci costringe a guardarlo.

E è lì, uguale ad un fiume in piena, come

l'amore di adolescenti che non hanno più pensieri se non per l'amore stesso, che ha sempre un volto, un numero di cellulare, un flusso incommensurabile di sms, un canale aperto su Facebook che dichiara al mondo la notizia. Come una forza che trascina verso un punto teso all'infinito, ma senza possibilità di scampo, con la potenza di una cascata fredda e trasparente che riversa, attraverso la luce ghiacciata dell'acqua iridescente, tutti i rovesci della sua forza dal fragore assordante e dirompente.

Il senso di giustizia a volte non ha volto: ha tantissimi occhi, tanti sorrisi o tante tristezze che non piangono, tanta debolezza, tanta fame, tanto vuoto e altrettanta dignità. A volte tanta ignoranza che non porta a chiedere, perché non conosce.

Altre volte invece, ha un volto ben preciso.

Ma è, in qualsiasi caso, un insieme confuso, come una storia d'amore che assale senza preavviso. E ci sarebbe bisogno di tempo, ma tutto precipita presto e è urgenza. E così lo si sente e, improvvisamente, lo si segue: alla fine è una semplice voce, cui si deve ubbidire, semplice come la voce delle mamma che magnetizza il suo bambino.

E' implacabile. Ti comanda chiaramente qual è la direzione da scegliere.

A lei, quel giorno, dopo un tumulto oscuro,

la mente rischiarata e illuminata sussurrò semplicemente che c'è una giustizia grande che ha bisogno di essere tirata fuori dal buio, ha bisogno di essere ripresa, ripresentata, ricordata al mondo.

E se ne sentì irragionevolmente attratta, sapeva che avrebbe dovuto dare e non sapeva che cosa le sarebbe stato restituito.

Così decise di agire, di incominciare a percorrere quella strada.

Anna, qualche giorno dopo, camminava sotto i portici di quella città di mare in cui lavorava, illuminati da una luce rossa vespertina, che riscaldava le pietre, a tratti screpolate, delle colonne e dei muri dei palazzi.

Avanzava lenta, a testa bassa: ogni tanto la rialzava per fissare, senza vederli, i volti degli altri passanti, che scomparivano dietro di lei.

Camminava e pensava, in quel turbinio di sentimenti confusi che le attanagliavano stomaco e nervi. Si sentiva una sorta di agitazione sotto pelle, un mormorio inarrestabile di ogni cellula del suo corpo.

Ma i pensieri erano più incalzanti, avvolgevano di colore scuro tutto quel mare mosso, trasformavano ogni parola in conati trattenuti.

Che non accennavano a placarsi, si ripetevano continuamente, riprendendo il loro moto dall'inizio, appena un'onda sbatteva contro il presente.

E lei camminava e si sentiva la testa piena, confusa, colma di un vortice interiore, dove le idee si rincorrevano, sparivano, si spezzavano, si ricongiungevano le une alle altre, la prima all'ultima.

Aveva fatto bene? O aveva fatto male? Era stata impulsiva, irrazionale, irragionevole o aveva obbedito al senso di giustizia?

Salì nella sua camera dell'Hotel 'L'Antica Torre' dove viveva tre giorni la settimana.

Non era una casa, tuttavia era accogliente, la faceva sentire bene, raccolta in un posto suo, isolato dalla gente e, soprattutto, dai colleghi di lavoro.

Attendeva con ansia il momento in cui avrebbe chiuso quella porta e si sarebbe lasciata il mondo fuori, per immergersi nella bolla di silenzio rotondo e opaco, del suo nido in trasferta.

In quel preciso momento il vortice dell'angoscia si sarebbe ritirato, come il mare durante la bassa marea mattutina e avrebbe lasciato sul bagnasciuga qualche solitaria conchiglia da raccogliere e riordinare, magari dopo un po', verso l'aurora, dopo una calma buia, ma piatta, appena appena increspata dai residui della giornata precedente.

Buttò gli abiti sul letto, abbandonò le scarpe rovesciate, si avvolse in una morbida spugna e aprì l'acqua bollente, fissando il vapore che nebulizzava la stanza da bagno.

Non calcolò quanto rimase a cuocere la mente, ne uscì fiacca e affamata.

Si rivestì in modo automatico, infilando il primo paio di jeans e la prima camicia per scendere a cena, con l'Ipad e il telefono. Spenti.

Mentre punzecchiava con la forchetta le fette di rotoli di spinaci che le avevano servito in un piatto quadrato, di ceramica sottile, non riusciva a non ripercorrere la giornata appena trascorsa: non le era mai capitato, durante tutta la sua carriera, di presentare una nota di contestazione ad un suo superiore, al Presidente del collegio.

Lei e il suo collega Chizzini, il terzo componente il collegio, avevano a lungo discusso sul da farsi, dopo il primo disorientamento condiviso da entrambi.

Appresa la notizia, in una giornata qualsiasi di qualche settimana prima, si erano guardati increduli, senza parlare, con gli sguardi persi l'uno negli occhi dell'altra a cercare conferma della veridicità della situazione.

L'avevano trovata, appunto, nel riflesso delle loro singole perplessità, nel controllare come i confini coincidessero e nel misurare l'ampiezza del vacillare di entrambi.

L'equilibrio del collegio, l'equilibrio della fiducia reciproca, l'equilibrio del loro stesso dovere era venuto meno.

E se ne stavano attoniti, con una sentenza scritta in mano, sulla quale facevano cadere lo sguardo per rileggere una serie di parole che si sgranavano sotto i loro occhi, che approfondivano ad ogni lettura il sentimento di vuoto e di infinita desolazione che ormai li aveva inondati.

Anna era pervasa da una sensazione di impotenza alla quale sapeva di non volersi arrendere. Aveva bisogno di tempo, aveva bisogno di rigenerare le sue risorse: il potere di agire, di reagire, di attaccare. Il potere di fare emergere e prevalere ciò che in quel momento era sotterrato da uno strato di polverosa confusione, di sabbia fine, bianca e sfuggente che avrebbe potuto soffocarla o essere spazzata via, per gioco, con una paletta rossa di plastica, per renderle un'idea libera e chiara sul comportamento da tenere.

In quel momento non era sola: aveva davanti a sé il collega che da tre anni lavorava al suo fianco. Aveva sempre collaborato bene con lui, era certa della sua coerenza, di parole e fatti, perché lui gliela aveva sempre dimostrata.

Sentiva tranquillamente di poterlo definire una persona seria e affidabile e, sino a quel momento, non era stata costretta a ricredersi.

Pur imponendo a sé stessa di restare sempre allerta, di non abbassare la guardia, diciamo che con Chizzini, poteva concedersi dei momenti di serenità e amicizia, di relax all'interno della tensione delle aule giudiziarie, delle udienze, dei dibattiti.

La solidità di quell'uomo le sembrava, ora più che mai, un porto sicuro.

Un po' si vergognava, nel suo intimo più segreto, di doversi appoggiare ad un'altra persona, per di più ad un uomo, in questo suo momento di difficoltà, eppure non poteva evitare di pensare a lui come ad un sostegno morale: si sentiva persa, amareggiata e delusa da quanto era accaduto in Tribunale. Lui pure: si sentivano come due innamorati del lavoro, traditi, dal lavoro stesso.

Del resto, la mescolanza degli ingredienti di un tradimento sono sempre gli stessi, in ogni canovaccio che si rispetti: c'è un momento in cui esiste la fiducia, si verifica una successione di avvenimenti, dopo i quali la fiducia non esiste più, svanisce e lascia un vuoto apocalittico. Sconfinato, grigio e amaro.

Decise di chiamarlo, senza sapere bene cosa gli avrebbe detto: – Posso? – sussurrò quasi senza voce nel telefono.

– Stavo per chiamarti anch'io – le rispose lui con un tono grave che già lasciava trapelare uno stato d'animo identico.

– Non riesco a non pensare a tutta questa situazione – gli disse per introdurre l'argomento.

Lui senza altri preamboli giunse immediatamente al fulcro del discorso e con maggiore fermezza aggiunse: – Anna non potevamo non farlo. E' stata una delle decisioni più difficili della mia vita, ma era assolutamente inevitabile, pensa se avessimo lasciato correre…

– Lo so, ma sto pensando che per il Presidente sarebbe stato evitabile – sospirò lei con rammarico. E continuò: – perché ci dobbiamo trovare ora noi, in questa situazione complicata, perché le persone non si comportano in modo onesto e semplice?

– Non fare l'ingenua e non sparare banalità – le risposte Chizzini quasi seccato – non dovrò riassumenti io la figura losca di…

– Non parlare al telefono – lo interruppe Anna – dobbiamo parlarne a voce.

– Dove sei?

– Dove vuoi che sia? Sono al ristorante del mio hotel, ho appena cenato.

– Metto a letto Michele, gli ho promesso una fiaba, poi ti raggiungo.

– E di che lupo cattivo gli racconti? Di quello di Esopo o di uno vivente? – riuscì a scherzare decisamente sollevata all'idea di non trascorrere quell'orribile serata sola con i suoi tormenti.

– Aspettami! – e riattaccò.

Massimiliano Chizzini abitava a qualche isolato di distanza, poco lontano dal Conservatorio.

Camminando si era acceso un sigaro cubano, con un gesto lento e sapiente che aveva lo scopo principale di riservargli, in quel rito consueto, una tranquilla e infantile certezza.

Quindi prese un passo veloce. Sentiva riecheggiare i suoi stessi passi che calpestavano l'acciottolato nel sottofondo delle note delle prove serali che si protraevano sino ad un'ora avanzata. Erano un accompagnamento soave, a volte tecnico e ripetitivo, a volte più armonico, ma piacevole per la dolcissima sensazione che regalavano: quella di catapultare in un mondo surreale i passanti che si trovavano all'interno dello spazio di quel cerchio magico, di non luogo e non tempo, dove per un attimo le cose avrebbero anche potuto non esistere, o non coincidere o non essere come erano, perché la musica avvolgendo la mente, annebbiava l'anima e tutto ciò che conteneva. Ma durava solo qualche istante.

Pensò che avrebbe potuto ritornarci con Anna e accelerò il passo, inconsapevolmente.

Non fu costretto a convincerla: lei si era già infilata una felpa imbottita e lo seguì senza parlare, con entrambe le mani infilate nelle tasche, tentando di scansare le nuvole di fumo dall'odore acre, che avrebbero accompagnato la loro passeggiata.

Per qualche attimo nessuno dei due proferì parola, poi si sorrisero, con amarezza, avvicinandosi molto di più l'uno all'altra con le braccia e con i gomiti, per consolarsi e sostenersi a vicenda.

Avanzavano con incedere lento, lei senza meta, lui dirigendosi verso la musica, come i topi incantati del 'Pifferaio magico': ma loro erano solo due, gli unici due ad essere stati ingannati o per meglio dire, gli unici due a sapere di essere stati ingannati.

– Senti, non è pensabile sapere che il tuo capo ha ribaltato una decisione presa di comune accordo e tacere – affermò in tono categorico Anna, seguendo il corso dei suoi pensieri.

– Siamo giudici e il nostro voto vale come il suo, anzi, quando siamo due a uno, vale il nostro e non il suo!

Lui non rispose subito, intrappolato nei vortici della propria mente.

– Era tutto molto chiaro – continuò Anna – si trattava di una normale causa di reato ambientale, la denuncia era fondata perché l'inquinamento e i danni collegati erano stati ampiamente provati…

– Io so solo che questa non è la solita controversia tra vicini. Una delle più grandi industrie chimiche della regione ha causato un grave inquinamento territoriale, con sversamento di acque reflue a fondo perduto, quindi nelle falde. Avevamo le analisi: dimostravano che ormai erano intaccate tutte quelle sulla linea che va dalla zona industriale al mare. Poi la direzione chiude, licenzia, fa sparire sia i soldi che la proprietà. Da anni non rispettavano le norme in materia ambientale, nonostante solleciti, denunce da più parti, che si accumulavano, nonostante i pareri dei periti dell'Arpa che in questa causa erano lampanti. Nonostante un consiglio di amministrazione composto da pezzi da novanta, che ora gioca a scaricabarile. Avevamo trovato tutti gli elementi per affermare la responsabilità dei tre amministratori, tutti e tre. E invece… uno assolto e… che strano, è proprio il Presidente! Il Presidente assolto e gli altri due condannati! Ti pare? Noi avevamo deciso A e lui scrive B!! Ma come? Ma perché? Ma tu sai quanto siamo stati chiari. Nessun fraintendimento… Qui c'è stata una evidentissima forzatura.

– Alla faccia della forzatura! Chiamala solo forzatura!

– Secondo te perché l'ha fatto? Perché si è preso dei soldi? E' amico di qualcuno? Tu che dici?

– Certo! Dico che non vedrei altra causa per questo cambiamento inspiegabile di idee.

– Infatti, perché farlo se no? Per quale altro motivo? Adesso è ora di finirla con questa gente…

Si respirava già un'atmosfera natalizia, le luci azzurro ghiaccio addobbavano gli angoli, le strade e le vetrine dei negozi.

– Perché non mi avevi detto nulla da subito? – le chiese Massimiliano.

– Avevo incontrato Lobrusco e Capoferra, avevo manifestato a loro il mio dubbio, ripromettendomi di studiarmi bene gli atti.

– E loro, in che modo commentarono?

– Nulla, se ne guardarono dall'esporsi. Mi ascoltarono senza pronunciare parola, cercando di deviare il discorso, almeno in mia presenza. Ho percepito molto disagio, soprattutto conoscendoli, mi sembrava volessero coprire qualche cosa, ma non sapevo ancora che cosa, allora. Ecco perché senza spendermi in altre spiegazioni, ho incominciato a studiare. Ho letto e riletto attentamente gli atti, una volta tornata a casa.

– L'ho studiata con precisione anche io – aggiunse con tono preoccupato e voce baritonale Massimiliano.

– Mi sono convinta che erano tutti responsabili nello stesso modo.

– Però mi ricordo – precisò Massimiliano – che il giorno prima dell'ultima udienza, quella dei primi giorni di novembre, se non erro, il Presidente non accennò per niente a distinguere le posizioni tra i tre imputati. Poi quando noi abbiamo concluso che erano colpevoli lui ti ricordi che ha fatto?

– Sì, lui aveva chiuso gli occhi, teneva il capo reclinato.

– Ma a me era sembrato di cogliere movimenti del capo, sembrava annuire.

– A me pure. Avrà annuito a chi?

Anna ripercorreva ogni momento di quei giorni infuocati, quasi volesse imprimerli con più fermezza nella memoria: – Ti ricordi? Lui sentenziò di condannare solo i due amministratori e, come se fosse ovvio, di assolvere il Presidente, per…infondatezza delle prove, che erano esattamente le stesse degli altri! Parlava con tono monocorde e distaccato. Noi abbiamo chiesto la parola, prima io e dopo tu, abbiamo espresso il nostro parere contrario, abbiamo fatto presente che era incettabile…

– E lui ci ha gridato contro, uscendo di fretta

'Io sono il Presidente, l'ultima parola è la mia!' – concluse, declamando, Anna.

Continuavano a passeggiare, ora in silenzio, sezionando, ciascuno nella propria mente, i passaggi più importanti, che si erano susseguiti in un soffio, senza lasciar loro la possibilità di rendersene conto. Si sfioravano continuamente, quasi per tranquillizzarsi l'un l'altra.

Facevano ritornare a galla le frasi semplici, ma perentorie, che avevano impedito la regolare prosecuzione del dibattimento e del lavoro e che erano state pronunciate da quell'uomo con tale naturale fermezza da cogliere entrambi in contropiede.

Quelle poche frasi avevano richiesto una veloce comprensione, una veloce metabolizzazione, una veloce reazione e, soprattutto, una veloce condivisione delle loro due posizioni: l'essenza di ciò che li avrebbe resi forti e uniti.

Tutto era avvenuto in un'atmosfera inconsueta: entrambi, pervasi da stupore, irritazione e preoccupazione, avevano sentito all'unisono l'esigenza di un'opposizione immediata, la responsabilità, forte, di porre in essere azioni utili a evitare che si compisse l'inesorabile e che fosse compiuto con il loro accordo, avvallato dal loro consenso.

Volevano impedirlo con tutte le forze. Il loro

potere consisteva nel riuscire a mantenere una chiara lucidità nella manciata di secondi in cui tutto stava accadendo: avevano colto al volo, l'importanza del momento, anche se la conclusione era stata presentata loro come scontata, priva di preamboli o spiegazioni: dovevano assolutamente opporre un chiaro 'no' alla posizione assunta autonomamente dal Presidente. E l'avevano opposto con un parere perentorio e definito.

Mentre le note di un Debussy disarmonico avvolgevano quel turbinio di sentimenti, si sentivano vicini uno all'altra, con uno spirito che, ora, confondeva la colleganza con l'amicizia e con una sorta di mutuo soccorso, simile al sostegno delle emergenze belliche: stavano vivendo la loro guerra personale e professionale, erano devastati dal traballare dei principi etici ai quali erano stati formati e cresciuti.

Si diressero verso una panchina dei giardini pubblici illuminati da una luce medievale, quasi fioca, che trasformava l'aura presente in un rimando senza tempo e sollevava leggermente la gravità dei loro pensieri per lasciare spazio ad una sorta di lievità, leggera e pacifica.

– Mi sembra ancora tutto così strano!....

– Anna, alla nostra età ci troviamo a pronunciare considerazioni degne di mio figlio o del bambino più ingenuo! E noi che ci eravamo dichiarati disponibili a rivederci il giorno successivo – ripassò tra sé e sé, con una risata sarcastica – prima della pubblicazione… –

– Io avevo addirittura telefonato al Sig. Presidente la mattina, chiedendo se avesse necessità di incontrarci di nuovo! – pronunciò 'Sig. Presidente' con tutta l'ironia rabbiosa di cui era capace.

– Mi ha risposto che non c'erano problemi. Mi ha confermato che avrebbe seguito la decisione collegiale! Incredibile! Ma adesso vedrà cosa lo aspetta, io proseguo fino alla fine! – precisò minacciosa e stupefatta Anna al collega, che la ascoltava, guardando la sua esaltazione con un misto di comprensiva tenerezza e titubanza – non è incredibile? Aveva già deciso e non voleva perdere altro tempo a fornirci spiegazioni inutili. Ma non ha ben capito di che pasta sono fatta.

Continuavano a camminare, Anna taceva, Massimiliano tossicchiava.

– Senti Anna, devo dirtelo, ho ricevuto anche questo.

Lei lo guardò, riemergendo dai sui pensieri. Gli chiese 'che cosa?' con gli occhi, in risposta non alle sue parole, ma al suo titubante e imbarazzato tono di voce.

Ripetè, scandendo le parole: – Che cosa?

– Questo – e le tese il telefono sul quale stava scorrendo il pollice, in cerca di un messaggio. Lo trovò. Arrestò lo scorrere delle parole e degli emoticon sparsi qua e là.

Anna lo afferrò, portandolo vicino agli occhi, quasi volesse conficcarselo dentro.

Lesse: 'Ha ribaltato vs sentenza. Sentito telefonata. Poi uscito di fretta. Prima del collegio ha incontrato uno, in un bar. Non so chi. Preparati. Prevedo grane'.

– E questo? Scusa questo chi te l'ha mandato? Cosa significa?

– Non lo so. Il mittente risulta sconosciuto

Anna rilesse ad alta voce. Poi lo rilesse in silenzio, cliccò sulla 'i' per avere maggiori dettagli.

Non risultava alcun numero. Solo la data, di una settimana prima.

– E me lo dici solo ora?

– Ti vedevo preoccupata, non volevo aggiungere ansia all'ansia…

– Piantala! Così mi fai sentire cretina. Che altro sai? E sei sicuro di non avere la più pallida idea dell'identità del mittente? E' anche uno stupido, almeno poteva mandarlo in WhastApp.

Massimiliano rispose glaciale: – Giuro, no. Non ho idea.

Ogni parola era come una pugnalata.

– Bene, lo scopriremo! E perché lo dice solo a te? Sarà una donna. Una segretaria da quattro soldi. Altrimenti come sa della pratica? Oppure quell'uditore, quello amico di cani e porci, certo, lui, quello sposato alla farmacista che è dipendente di tua moglie…Dimmi che è lui!

Le tremava la voce. Si sentiva destabilizzata, come sulle sabbie mobili, non sapeva perché.

– Non ne ho idea.

– E' qualcuno che conosci solo tu, o che preferisce informare esclusivamente te e non me…Tu sai benissimo di chi si tratta…

– Ti ripeto, non ne ho idea, Anna, non lo so. Ti giuro su mio figlio che non lo so. Guarda, tieni il telefono, leggi ciò che vuoi…

Era diafano, per il freddo o forse più per la tensione. Incominciò a farle scorrere davanti agli occhi un rosario di messaggi. Le sue dita toccavano il display con scatti decisi.

Anche le mani erano livide.

Anna si zittì.

Quella sera chiudeva, sulla note disarmoniche di un diffuso Debussy, la giornata in cui, con molta confusione nella testa Anna e Massimiliano avevano depositato l'esposto da trasmettere al Ministero, alla commissione disciplinare.

Poi ci sarebbe stata la strada della denuncia in Procura, una strada tutta in salita. Ne erano perfettamente consapevoli, ma loro erano uniti, o così voleva pensare lei.

Una sera che si chiudeva con molte doman-

de e poche risposte, con una fiducia sfuocata da
ombre e stupore, che apriva argomenti forse in-
sondabili e li costringeva a raccogliere tutte le
forze in vista di ciò che li aspettava.

LE NOTIZIE GIRANO

Anna era ritornata a casa per il weekend.

Si sentiva a pezzi, le doleva ogni segmento del corpo.

Non riusciva nemmeno ad incollarsi le lenti a contatto sugli occhi arrossati a causa della notte in bianco appena trascorsa.

Si era levata all'alba, nel silenzio della sua casa già inondata di raggi di luce rosata.

Abitava un grande appartamento in centro, troppo ampio e dispersivo per lei.

Si era preparata un caffè bollente, aveva allontanato da sè le brioches appena tolte dall'armadietto, con un gesto istintivo, riempiendo invece la tazzina con tanto zucchero da farla traboccare.

Le piaceva farsi avvolgere da quell'aroma familiare, le rammentava gli infiniti giorni che da studentessa aveva vissuto nella casa dei suoi genitori, le colazioni affrettate, con i suoi fratelli, prima della scuola.

Accese l'Ipad per leggersi il quotidiano, ancora in pigiama e con i capelli scarmigliati che lei si aggrovigliava intorno alle dita che ruotava, con circoli ora nervosi ora lenti, per avvolgerli intorno ad ognuna. Sembrava seguissero il corso dei pensieri che continuavano ad assieparsi, uno dietro l'altro, nell'alone dello smarrimento della notte appena trascorsa.

Si trascinò nello studio, avvolta in un vecchio cardigan e diede un'occhiata ai chili di carta delle pratiche accatastate sulla scrivania.

Ne aprì un paio, ne controllò la scadenza.

La suoneria del telefono incominciò a diffondere diversi brani, squillando continuamente.

Non riusciva a lavorare, in parte per la mancanza di concentrazione, in parte per assoluta mancanza di motivazione.

Doveva recarsi alla presentazione di un libro in tarda mattinata, presso la Sala Consigliare del Municipio. Non ne ricordava nemmeno il titolo, vagamente sapeva che si trattava di un romanzo a sfondo storico. Conosceva l'autore, un ex collega in pensione.

Si era accordata con Emanuela, sarebbero andate insieme.

Infilò con noncuranza, un paio di jeans e un maglione a dolcevita, Hogan e un pellicciotto un po' datato. Cercò gli occhiali da sole, quelli con le lenti da vista, cambiò la borsetta con una delle tante borse capienti e uscì.

In realtà non c'era sole, anzi una nebbiolina leggera avvolgeva strade e persone, sfumandole nella dissolvenza misteriosa che ovattava lo spazio dividendo una cosa dall'altra, sbiadendo i colori reali in tonalità appena accennate.

Le piaceva, la trovava romantica, anche se indiscutibilmente malinconica.

Era uscita in anticipo, ripromettendosi di passare dai suoi per un saluto veloce.

Abitavano una grande villa antica, adagiata con i suoi decori, tra gli alberi secolari di un rigoglioso giardino che si estendeva sul retro, impedendo la visuale dei vicini.

Era appartenuta alla famiglia di sua madre.

Questa casa era una vera dimora, aveva ospitato tre generazioni, qualcuno vi era nato, qualcuno vi era morto, ma lei, impavida, aveva sostenuto il passaggio delle stagioni, sottostando alla cortina di gelide nevicate o lasciandosi intiepidire dalle gentili cromature dei fiori: alcuni cadevano a cascata dai balconi, con lunghe liane intrecciate, altri punteggiavano i vasi di cotto sul bordo del prato, altri ancora occhieggiavano dai cespugli ammassati negli angoli, in un ordine volutamente selvaggio.

Aveva sfogliato giorno dopo giorno, la lunga storia, silenziosa e lenta, che si era dipanata sui loro giorni affannati di educata frenesia professionale e mondana, raccontandola con un sussurro che durava nel tempo.

Sua madre comparve sulla porta in legno di noce che si affacciava sulla scala di marmo, candido, appena sentì il cigolio del cancello.

Accolse la figlia con un sorriso e un abbraccio affettuosi.

Vestiva un maglioncino color cipria, che donava fascino al suo sguardo dolce e scuro, e una gonna grigia. Il viso era decorato dagli immancabili orecchini di perla, che non abbandonava mai.

– Cosa ti è successo, sembri distrutta? Ma, ti senti bene, Anna? – le chiese preoccupata, sciogliendo l'abbraccio e guardandola entrare.

– Niente mamma, il solito.

– Non mi sembra proprio, cos'è questa faccia? Hai un pessimo aspetto e lo sguardo assente – la scrutò meglio, con la fronte corrugata, restituendole uno sguardo cupo, che si adeguava al riflesso proveniente dalla figlia.

– Problemi di lavoro? Grane, vero? – continuò la donna, che con il doppio istinto di madre e di donna, non necessitava di troppe parole, né spiegazioni. Le mancavano solo i dettagli dell'argomento.

– Mmm… – mugugnò Anna, che pur non avendo alcuna voglia di iniziare un racconto senza una fine certa, si sentì inondata da un senso di protezione e di comprensione.

Sentimenti che se da una parte le pervadevano il cuore di affetto, sollevando, per un attimo il peso troppo gravoso di quella storia, dall'altra le rammentavano, ancora una volta, la fragilità, lo stato di confusione e debolezza nel quale intimamente si trovava.

– Dimmi, perché cavolo ci avete inculcato un sacco di bei principi, tu e il papà? Io e i miei fratelli ne saremo vittime a vita! – sbuffò accasciandosi sul divano del salotto e allungando i piedi sul tavolino di fronte.

–Ti faccio preparare un caffè. Fernanda! – chiamò la signora – per favore preparaci due caffè.

E chiuse la porta.

Anna non parlava, era stanca, svuotata. Non era sicura che rivelare alla madre quella sua decisione fosse una scelta saggia.

Pensò però che la notizia avrebbe avuto una certa risonanza, sia all'interno del loro giro di amici di famiglia, di vecchia data, l'entourage forense della città, sia molto probabilmente, sulla stampa locale e nazionale.

– Allora? – chiese con tono pacato e comprensivo la donna, preparandosi in cuor suo, ad ogni risposta.

– Volevo parlarne anche al papà, dov'è?

– E' all'inaugurazione della nuova biblioteca della Fondazione De Saveli.

– Già! Si è buttato proprio a capofitto!

– Almeno si tiene occupate la mente e le giornate…

– Ho depositato in cancelleria un esposto, nero su bianco, perché quello lì ha cambiato la decisione del collegio, già firmata da me e da Massimiliano, senza dirci nulla, capisci, l'ha cambiata e basta – la interruppe d'un fiato, volgendo poi lo sguardo altrove per non incrociare subito quello della madre.

Poi, lentamente, si rivolse di nuovo a lei, in attesa, fissando per qualche istante l'incredulità in quelle iridi color carbone che immediatamente ritrovarono la ferma sicurezza di sempre.

Lei si spostò dalla poltrona al divano, per sedersi accanto alla figlia e, travasandole senza esitazione tutta la fiducia che riponeva in lei, aggiunse con tono deciso:

– Se l'hai fatto, sono certa che avrai avuto i tuoi validi motivi e agito come il dovere ti chiedeva di fare…

– Il dovere! Il dovere! Mah?

– Anzi, sai che io preferisco dire 'la morale' ! – proferì imperiosamente con un'impennata d'orgoglio di donna tutta d'un pezzo.

– Sì, sì, chiamala come vuoi. E intanto io sto qui con sta rottura di scatole…

La madre, curiosa, incalzò: – Ma, esattamente, che cosa è successo? Che cosa ha fatto il tuo Presidente di tanto grave?

– Ha assolto uno che volevamo condannare per l'inquinamento della nostra terra, del nostro mare. L'ha deciso lui, senza considerare il nostro voto, chissà perché...

– Ho capito il famoso inquinamento della Sky&oil. Mi sono sempre chiesta perché, nel medesimo C.d.A., due fossero stati condannati e uno no, proprio il legale rappresentante, tra l'altro!

– Appunto! Era tutto a posto, mamma!

– Questo qui ha sempre vissuto il suo ruolo in versione monarchica e il motivo per cui l'ha fatto è facilmente intuibile – mormorò a sua volta l'anziana signora, sospirando.

– Appunto, secondo te perché? Per la bella faccia dell'Amministratore delegato? No, per soldi. Riceveva in ufficio molta gente della Sky&oil, usciva con loro, pranzi, cene a non finire, pappa e ciccia! E molti lo sapevano, da anni e hanno sempre chiuso un occhio! L'ultimo incontro avvenne forse appena prima del nostro collegio – riassunse Anna con un filo di voce, spiegando lo sviluppo giuridico alla madre che la ascoltò, imperturbabile, memore di analoghi episodi vissuti in altri frangenti.

Era un avvocato, era coriacea. Capiva.

Non poteva dimenticare i diversi tentativi di deroghe alle regole e alle procedure da parte di giudici o colleghi, che lei stessa aveva dovuto combattere o subire durante il lunghissimo corso della sua carriera forense.

Li aveva affrontati, nello studio associato presso il quale aveva lavorato, ora supportata, ora abbandonata dai colleghi di lavoro.

– Guardati dal fuoco amico! – fu il suo laconico commento.

E tacque, mentre la domestica non troppo compunta e con sguardo indagatore, appoggiava il vassoio sul cristallo del tavolo. Restava.

– Grazie, Fernanda! – Allora lei uscì.

Attese che la porta si richiudesse, facendo di nuovo calare sulle due donne il silenzio dei momenti dove la forza e la capacità di condivisione vengono chiamate a raduno anche dagli anfratti più reconditi.

– Adesso bevi il caffè e non preoccuparti. La verità è dimostrabile, questo è ciò che conta!

– Già, dimostrabile. Mi chiedo perché ci si debba sempre complicare la vita, bastava seguire le strade corrette, no?

– Non se ci sono altri interessi. La vita è difficile e, lo sai, la zizzania cresce con il grano buono!

– Sai che bella consolazione!

Appoggiò la tazzina vuota sul tavolo.

– Io esco.

– Dove vai adesso? Sei appena arrivata!

– In centro, mi incontro con Emanuela. Tutto qui, ti ho già detto quello che mi è successo, vedrai il seguito.

– Vai! – le ordinò la madre con un profondo sospiro e lo sguardo fisso oltre – lo vedremo il seguito, certo che lo vedremo…

CONFRONTO

Anna e Massimiliano si erano accordati per le 9.30 del mattino. Un caffè ad un bar sotto i portici e poi avrebbero raggiunto il capo nel suo ufficio al Tribunale per consegnargli anche di persona la contestazione.

Sorridevano nervosi, parlavano poco, ma avevano fretta di incontrare quello che ormai sentivano come il loro antagonista, avevano urgenza di risolvere quella situazione pesante e imbarazzante.

Attraversarono la strada lastricata di pietra grigia, con passo veloce e deciso, alzando lo sguardo verso le bandiere, dell'Italia e dell'Europa, sventolanti sull'ingresso.

Anna sorrise tra sè "Simbolo prestigioso e significativo!" pensò.

Salirono le scale avanzando a due gradini alla volta, con il cuore in gola, carichi di rabbia e risoluti a non retrocedere dalla loro decisione.

La confusione mentale e psicologica che li aveva afflitti nei giorni precedenti era stata lentamente spazzata via dalla convinzione e dalla consapevolezza.

La polvere che annebbiava le menti venne dissipata dal soffio di una nuova sensazione: speravano che la loro sollecitudine sarebbe stata un chiarimento e una liberazione.

Risuonavano, nel cuore di ciascuno, i commenti di familiari, amici e colleghi amici. Anche quelli dei colleghi che amici non erano. Di costoro risuonavano, soprattutto, i silenzi.

Avvertivano una forza reciproca e si appoggiavano l'uno all'altra, nella certezza di fare la classica 'cosa giusta': il percorso delle loro azioni sembrava più semplice, i dubbi erano stati dissolti dai ripensamenti e dalle riflessioni dipanate in cui si erano crogiolati e confrontati per giorni.

– Non fare assolutamente alcun accenno al messaggio, capito?

– Mi credi scema? Vediamo come va, valuteremo in seguito. Prima dobbiamo capire noi….

Si sentivano, a parte qualche farfalla nello stomaco, quasi sollevati e ottimisti sull'esito che la loro decisione avrebbe avuto: in quel momento era come se sapessero che tutto si sarebbe sistemato.

Come se…

– Avanti! – sentirono rispondere con tono

grave da dietro la porta di legno scrostato davanti alla quale avevano atteso quasi un'ora.

Entrarono decisi, ma si arrestarono in simultanea alla visione del volto del Presidente, seduto sulla maestosa poltrona di morbida pelle nera, cadaverico in volto, le rughe rigonfie sulla pelle ingrigita, labbra slavate, rigide, tirate in un abbozzato sorriso di circostanza, arcigno e asimmetrico.

Stava fumando con gesti lenti e si attardava sul cilindro di cenere che fissava, concentrato, quasi tutto il suo sforzo consistesse nel mantenerlo in equilibrio con il resto della sigaretta, senza staccarlo.

Il suo ufficio ridondava di mobili intarsiati, in noce e radica.

Antica era sicuramente quella scrivania, il cui piano veniva completamente nascosto da faldoni scomposti, cartellette usurate, strappate nel mezzo, intitolate con grandi scritte a pennarello nero su etichette bianche.

Teneva la luce accesa, nonostante i raggi del sole mattutino illuminassero la stanza e i pulviscoli sospesi nell'aria, e si rovesciassero a spicchi allargati sulle montagne di carta.

– Buongiorno Presidente!

– Buongiorno! – sospirò lui. E tacque per qualche istante.

– Accomodatevi, prego… – sussurrò accompagnando quell'espettorazione con un leggero e faticoso gesto della mano che indicava le poltrone di fronte a lui.

Parlava con tono flebile, come un malato in fase terminale, intervallando ogni parola con ansimi eccessivi e troppo frequenti per una normale conversazione tra colleghi.

Non volgeva loro lo sguardo, sembrava schiacciato dal fastidioso peso del sacrificio che stava compiendo.

Imponeva a sé stesso di predisporsi ad ascoltare ciò che già, in realtà, sapeva.

Anna e Massimiliano si guardarono di sottecchi, cercando di indagarsi a vicenda, interrogandosi con lo sguardo in frazioni di secondo, ciascuno per verificare che la propria interpretazione fosse corretta.

Non era sicuramente quello lo scenario immaginato: pensavano di trovarsi a discutere di un argomento che avrebbe colto l'interlocutore nervoso, aggressivo, sulle difensive, in uno stato di alterazione contro il quale già avevano preparati obiezioni e confutazioni di varia natura.

Si marmorizzarono in due statue di sale.

La loro controparte, lungi dall'assumere un comportamento bellicoso, simulava uno stato di fragilità e sofferenza quasi immobilizzante.

Si muoveva piano, rallentato nei gesti e nei

pensieri. Gli occhi sbarrati. Irriconoscibile.

Teneva le spalle ricurve, non alzava lo sguardo.

Guardava fisso un punto nel vuoto, quasi privo di capacità di reazione.

Anna in cuor suo ebbe un moto di rabbia "questo ora fa la vittima solo perché ha capito cosa lo aspetta" pensò, mentre contemporaneamente un rigurgito di pentimento inespresso colpì il suo collega, che prima ancora di realizzarne il motivo, si lasciò invadere da un esondante senso di colpa, che subito gli allagò la mente. "Come è ridotto…" fu il primo pensiero che riuscì a formulare, appena dopo lo stupore.

Anche lui, ora abbassava lo sguardo, contando i frammenti delle sue certezze, vitrei e appuntiti, mentre si conficcavano nella sua anima di uomo. Fragile.

Dopo qualche minuto di spinoso silenzio, Anna superò, sbrigativa, lo sconcerto iniziale e affrontò il delicato argomento in modo volitivo, con poche e sintetiche parole: – Presidente, immagino tu conosca perfettamente il motivo della nostra richiesta di colloquio che non è una visita di cortesia. Siamo venuti di persona a chiederti la ragione che t'ha indotto ad assolvere il legale rappresentante della Sky&oil.

– Anna – sibilò il Presidente – ti prego! Non esageriamo!

– Anch'io ti giro la medesima supplica: 'Non esageriamo!'

– La collega intendeva dire che siamo qui per chiederti chiarimenti sulla tua posizione che, francamente, non abbiamo bene inteso, Presidente! – intervenne con fare più accomodante Massimiliano, lanciando sguardi interrogativi a ciascuno dei suoi interlocutori.

– Miei cari colleghi, la mia posizione è sempre stata la stessa, ne avevamo ampiamente discusso....

– E' sempre stata la stessa?!? – replicò Anna con tono inquisitorio, schernendolo e ridendo da sola – stai scherzando, vero?

– Io ho mantenuto inequivocabilmente la mia posizione, che era senza ombra di dubbio anche la vostra posizione, cari colleghi.

Anna, attonita e sbigottita, prese fiato e tentò nuovamente una replica, ma fu interrotta senza alcuna possibilità di espressione.

– Voi semplicemente mi state accusando di questioni e colpe inesistenti – asserì quasi timidamente quella figura che, anziché come vecchio predatore, voleva presentarsi nel ruolo di vittima sacrificale.

– La nostra posizione era di-ver-sa da quella scritta – sillabò Anna – esattamente l'opposto – chiosò, quasi ci fosse bisogno di specificarlo.

– Presidente, Anna e io abbiamo ampiamente

sostenuto la responsabilità di tutti, a maggior ragione del legale rappresentante, com'è logico che sia! – precisò Massimiliano che aveva riacquistato la fiducia nella propria memoria, pur tentando sempre di mantenere un fare conciliante e sforzandosi di trovare una mediazione che ammorbidisse i toni e permettesse un reale chiarimento.

– Perché state sollevando queste questioni? Che cosa volete? Mi volete rovinare? Per quale motivo? – ripetè con la medesima inflessione l'anziano giudice che sembrava essere stato colpito da inerzia improvvisa.

Aveva lo sguardo opaco e privo di vitalità, gli estremi della labbra sempre più tesi verso il basso, gli occhi sfuggenti, il collo nascosto tra le spalle.

Guardava ancora quel punto fisso nel vuoto.

Sembrava che il fatto stesso di dover respirare gli costasse un'indicibile fatica.

Anna non si perdeva d'animo, sentiva crescere dentro di sé una doppia ira, sia nei confronti del Presidente che come un disco rotto non faceva altro che ripetere ad ogni argomentazione 'io non capisco' e 'voi mi volete rovinare', limitandosi con poche frasi a negare l'evidenza e la realtà, sia nei confronti di quel collega che sino a pochi minuti prima si era mostrato energico tanto quanto lei e che ora, invece, tentava di aprire le porte ad un dialogo impossibile, non recepito, i cui unici interlocutori erano evidentemente loro due.

– Io sono certa della successione dei fatti e di quanto accaduto. Tu, Presidente, non ci stai fornendo alcun maggiore chiarimento rispetto al comportamento tenuto: ti chiedo cortesemente, ma per l'ultima volta, di conoscere il motivo per cui hai scritto esattamente l'opposto di quanto deciso dalla maggioranza del nostro collegio.

– Le cose non stanno in questi termini, voi sarete la mia rovina, ma anche la vostra, come avrò modo di dimostrare. Vi informo che ho un appuntamento nel tardo pomeriggio a Milano con gli avvocati Arraffà e Storti.

– Ah! I luminari! Ne hai bisogno? – osò Anna, raccogliendo la borsa e alzandosi per accomiatarsi, prima di sentire la voce monocorde del tiranno, trasfigurato in docile agnellino, emettere a sua volta un debole e apatico commiato.

Lei uscì, senza voltarsi e pronunciando un seccato e difficoltoso: – Buongiorno – attendendo poi qualche istante sulla porta aperta il collega che nell'imbarazzo più assoluto stava stringendo, con rispetto e un mezzo inchino, la mano del capo.

Anna istintivamente aveva cercato di focalizzare il momento dell'incrocio degli sguardi tra i due, senza conoscere ancora bene il motivo di questa sua curiosità. Ma non riuscì a coglierlo.

Scesero le scale in un ostinato silenzio.

Senza parlare, una volta sotto i portici, lei volse un'occhiata molto interrogativa al collega che si affrettò a giustificarsi: — Non capivi che quello ci stava prendendo in giro?

— Veramente mi sembravi tu quello che non lo capiva…

— Cercavo di assecondarlo o di calmarlo o di farlo parlare. Sembrava un muro di gomma. Provavo solo a non farlo irrigidire maggiormente, per non urtarlo più di quanto già non fosse...

— Colpito l'abbiamo colpito, ma 'sto atteggiamento da vittima….

— Appunto, è la sua tattica!

— Sì, ma ti sei già pentito, ammettilo!

— Scherzi, io vorrei invece chiedere di parlare con la Presidente del Tribunale.

— Io andrò certamente a parlarle, che tu venga con me o meno!

— Anna, calmati, ti prego. Non ottieni nulla con questa tua maledetta irruenza.

La trattenne per un braccio e la costrinse a fermarsi, attirandola verso di sé.

— Calmati! — le ripetè più dolcemente, toccandole forse altre corde, con un'unica parola.

Lei lo scrutò, indagatrice, senza sapere cosa pensare, priva in quel momento di qualsiasi capacità di giudizio sul collega che avrebbe voluto allontanare, ma del quale aveva più che mai bisogno.

Si sentiva stanca, invasa dall'odio contro quell'uomo che stava complicando in modo insano e imprevisto la matassa ingarbugliata da cui avrebbe faticato a districarsi, e dal disorientamento che le scombussolava la mente, causato dall'atteggiamento di Massimiliano.

Ma sapeva che non avrebbe capitolato.

Camminavano senza una meta tra gruppi di studenti che si muovevano a piedi o in bicicletta, donne che si affrettavano con le borse della spesa per preparare il pranzo, professionisti in giacca, cravatta e ventiquattrore annessa, anziani soli, dal passo lento, commercianti trafelati o fermi a gambe larghe davanti alla porta del proprio negozio.

Lei taceva, rimuginando l'amarezza di quell'incontro.

Lui sembrava più tranquillo, comunque non così deluso: forse il suo grado di aspettativa era diverso da quello della collega.

La guardava, sorridendo e continuando a camminare.

Anna emanava un'energia attraente soprattutto quando era arrabbiata. Ciò che la rendeva forse più affascinate era la potenza di quella determinazione che sembrava esplodere per diffondersi e contaminare.

Era un fascino che spesso intimoriva.

Non lui.

Le cinse le spalle, amichevolmente, dopo una lunga pausa – Vieni, ti porto a mangiare i cavatelli ai fiori di zucca, cozze e zafferano – propose invitandola a pranzo, per decidere la linea comune da tenere.

– Fiori di zucca, adesso?

– Certo, mai sentito dire che 'non ci sono più le stagioni'?

Lei acconsentì, al pranzo, non più alla loro sintonia complice.

Avrebbe apprezzato, ora più che mai, potersi sentire consolata. Poi però, al balenare nella mente l'immagine dei messaggi letti sul suo display, che le avevano alimentato molti dubbi e soprattutto sulla scia di quanto appena successo, la magia sbiadiva.

Lui scelse una trattoria accogliente, ricavata dalle vecchie cantine di un palazzo storico.

Mangiarono e bevvero, quasi muti.

Non parlarono più, almeno per quel giorno, del loro Presidente.

STORIE INTRECCIATE

Anna guardava Massimiliano muoversi nell'ufficio con sicurezza, ma senza la tranquillità che sempre lo caratterizzava.

Notava la giacca sfoderata e un tantino stropicciata, il passo lungo e felpato, quasi dinoccolante, la sua zazzera a caschetto brizzolato, più sul lungo che sul corto, con i riccioli che facevano volume… una testa femminile.

Fumava, si sedeva, si spostava i capelli con un impercettibile scatto del capo e la fissava. Aveva occhi azzurri e profondi, che mettevano l'interlocutore a proprio agio, anche se velatamente indagatori.

Lei non poteva fare altro che aprirgli la sua mente, lasciare che lui scavasse nelle anse inaccessibili dei vortici della confusione.

Era come se sapesse tutto, intuiva riflessioni e ripensamenti ad ogni voluta, ad ogni ritorno e rispondeva 'lo so' ancora prima che venissero formulati.

Mai fuori luogo. E questo la spiazzava.

Sembrava, più che indovinare, aver già sperimentato ciò che per lei era ancora un pensiero in embrione, o un ripensamento di quanto focalizzato in ragionamenti precedenti. E fuori da questi gironi mentali c'era sempre lui, lì, ad aspettare, con la risposta solerte.

Tutto questo succedeva prima.

L'aveva delusa, tre giorni addietro, durante la visita nell'ufficio del capo.

Lei si attendeva maggior chiarezza e determinazione da parte del collega al cospetto di quell'uomo che ora aveva innalzato una divisione, lui e loro, provocando quella situazione deprecabile impastata di imbarazzo, rabbia e incredulità, un ginepraio di sentimenti dai quali avrebbe voluto districarsi e che volentieri si sarebbe scrollata di dosso.

Inoltre al primo messaggio ricevuto da Massimiliano, se ne era aggiunto un secondo, che recava una semplice domanda: 'Tu che fai? Lui non si schioda'.

Questo l'aveva destabilizzata ancor più del primo. Non credeva completamente alla storia dell'anonimato, sembrava anzi che tra i due ci fosse una conoscenza e una relazione, ma non capiva di che natura.

Anna sospettava ora che il collega le tacesse qualcosa, che i messaggi fossero molti di più, che esistesse un discorso parallelo al loro con un'altra persona, forse più influente o con più entrature di lei, misteriosa, ma sempre incombente.

Lui si mostrava ogni giorno più stringato e nervoso.

Se lei gli chiedeva i motivi dell'innegabile agitazione, le rispondeva con argomentazioni logiche, che l'evidenza non poteva negare.

E questo sembrava giustificare ogni atteggiamento scontroso.

Anna aveva deciso quindi di mantenere la guardia alta. Non voleva lasciarsi sfuggire nulla e si educava, man mano, a lasciar trapelare di sè solo il necessario. La tensione stava raggiungendo livelli mai sfiorati.

Inviava messaggi dal cellulare, con la svogliata disattenzione di chi è turbato da inquietudini ansiogene. Non riusciva a stare ferma sulla sedia, si sistemava il collo inamidato della camicia bianca, toglieva i peluzzi dalla giacca, anche se non c'erano, intrecciava la collana, creando nodi che poi districava con la punta delle dita per riannodarli, appena sciolti, e infilando tra quelle perle, il nastro nero della sua amarezza, senza distinguere se fosse dovuta al Presidente o a Massimiliano, che ora, apparentemente tranquillo, le sorrideva.

Ma lei lo sentiva lontano e percepiva la distanza tra loro sempre più allungata, come un elastico destinato a spezzarsi.

– Dobbiamo fingere di stare al suo gioco.

– E perché?

– Perché lui sta giocando a fare la vittima, in realtà è un despota, lo capisci?

– Questo lo so, ma che cosa dovremmo fare?

– Innanzi tutto non prendercela troppo, come stai facendo tu – le disse avvicinandosi e sfiorandole la guancia con un dito.

Lo sguardo di Anna si fece più duro, si scostò istintivamente: adesso si sentiva trattata come una bambina, accarezzata dagli sguardi compassionevoli del collega.

Si fissarono a lungo, senza parlare e continuarono a farlo nonostante i bip dei telefoni, che furono messi a tacere.

Lui accostò una sedia alla sua, questa volta la prese per mano con aria grave e le propose: – Senti Anna, chiediamo un appuntamento alla Presidente del Tribunale, la Taglietti. Credo lei possa capire, ma soprattutto, intervenire.

– Sì, oppure lasciarsi sfuggire la situazione di mano e intervenire quando sarà troppo tardi…

– E' un rischio che dobbiamo correre, non ci sono altre alternative.

– Va bene, corriamo questo rischio. E' meglio se la chiami tu, che sei un uomo. Ma fallo solo se sei convinto. Altrimenti lo faccio io.

– E perché? Che cosa cambia?

– Che lei è una donna. Tu sarai inconsciamente più efficace – rispose seriamente, ma con tono scherzoso. – Adesso! Devi farlo subito!

Massimiliano cercò in rubrica il numero, chiamò la segretaria e fissò un appuntamento per il giorno dopo, dato il carattere urgente della questione.

Stimava la Presidente, era fiducioso della trasparenza e dell'onestà intellettuale di quella donna, suo superiore gerarchico, che sapeva mantenersi umana nello svolgimento della funzione di magistrato.

– Cosa ti fa ben sperare? Il fatto che la Taglietti sia una che fa solo il suo lavoro e non sia oberata da mille incarichi, come gli altri?

– Sì, in parte. Potrebbe ambire anche lei a qualche incarico al Ministero oppure scrivere libri, o dedicarsi alla politica… in questo momento ci sono tanti colleghi in Parlamento; lei poteva anche candidarsi con una telefonata… in fondo…

– In fondo incarichi, periodi di fuori ruolo al ministero li accettano tutti o quasi. Ma va bene, possono farlo! Certo, il fatto che si accontenti del nostro stipendio depone a suo favore, ma questo è un discorso, altro è il fatto che 'lupo non mangia lupo', come diceva mia nonna. Tra di loro non si toccano.

– Questo è il rischio, ma Anna, non abbiamo

altre alternative.

Ora le sembrava sincero, più vicino, sentiva che forse avrebbe potuto ricominciare a fidarsi. Forse.

Allungò la mano verso la sua, sentì che la teneva stretta. Senza lasciarla.

Anna si alzò e sospirando, infilò il piumino.

– A che ora domani?

– Alle 9,30.

– Facciamo colazione insieme?

–Va bene, una di quelle colazioni abbondanti, con il succo di frutta, il croissant alla crema e il caffè?

– Le dosi dipendono dalla barista: quella cicciona le fa abbondanti, l'altra anoressica, le dimezza!

Lui rise.

– Aggiudicato. Ci vediamo al bar, d'accordo? Anna, sorridi!

– Ci vediamo domani.

Uscì per incamminarsi, senza una meta precisa, sotto i portici del centro.

Doveva scrivere due sentenze per il fine settimana. Aveva un sacco di lavoro arretrato da svolgere. Avrebbe dovuto ritirarsi e non uscire dalla sua camera per un bel po' di tempo, oppure tornarsene a casa, ma non poteva concentrarsi, non sapeva se fosse più in tumulto la sua mente o la sua anima.

Viveva distaccata dal presente in una nuvola di emozioni contrastanti, che sfumavano la tristezza nella delusione, facendola poi riaffiorare in rabbia, soffiata in uno sbuffo del suo spirito che avrebbe dipinto come l'Old Faithful geyser dello Yellowstone se solo avesse saputo dipingere: se ne stava annebbiata tra i fumi del dubbio, in quell'appiccicoso caldo umido delle esalazioni della sua mente.

Mentre camminava, lasciando liberi i pensieri, per non farsi mancare niente, ripercorreva una storia con un amico intimo, o forse l'esordio di una storia, di qualche tempo prima, iniziata casualmente e continuata con uno scambio di messaggi.

Si era sentita molto coinvolta, durante quella sorta di palleggio veloce e per molte settimane successive. Ora rileggeva distratta, a tratti, ciò che conosceva ormai a memoria.

Lui le chiedeva: – Mi hai pensato lo scorso weekend?

E lei: – Questo è un argomento pericoloso. Sì.

– E, mi dica donzella, se mi è concesso, come? – voleva sapere lui.

– No, questo non è concesso.

– E poi dicono che la curiosità sia femmina! Vorrei giocare con te.

– Anch'io!

– E' una promessa o una minaccia? Mi andrebbero bene entrambe le situazioni.

– Non lo so, so solo che tra due minuti mi pentirò di averti inviato messaggi come un'adolescente, ma so che ho voglia di vederti.

– Anch'io.

– Ora scappo.

– Buona fuga. Ti chiedo solo che questo nostro comunicare un po' bambino resti un segreto tra noi.

– Sì anch'io te lo chiedo.

– Ti lascio con un bacio, se mi concedi, intenso.

– Sì, te lo concedo.

Era un cardiologo, cinquantenne separato. Alla seconda traballante convivenza.

Uomo decisamente affascinante, leggermente segnato dal tempo o dall'eccesivo lavoro, occhi scuri, diabolici, dai quali sferrava, deciso, sguardi penetranti.

Vestiva casual chic e si portava in giro con sicura nonchalance. Capelli rasati, brizzolati, portava spesso occhiali scuri, da modaiolo, ostentava alta autostima, ovviamente.

Raffinato cultore del proprio io.

Non rappresentava il prototipo del compagno di vita ideale per Anna, troppo narciso.

Lei lo sapeva.

Ma le cose della vita giocano brutti scherzi...

L'aveva incontrato a un happy hour, con amici. Ne era rimasta ammaliata.

Lui l'aveva attratta con una chimica istintiva, sin troppo banale...

Una serie di sguardi, i suoi modi accattivanti, immediatamente a lei familiari.

Si parlavano, senza parole, e si rispondevano con una sintonia naturale, identificando e colpendo corde profonde, scoperte e nude, in fondo indifese.

Si erano riconosciuti, da subito.

Non sapevano il perchè.

Anna non se la sentiva di rivelare ad altri questa nascita improvvisa, questa tenera sorpresa che la vita le stava rivelando.

Le sembrava di rovinare tutto, anche solo parlandone.

E un po' se ne vergognava: non aveva mai creduto nei colpi di fulmine, le sembravano storie da romanzo rosa.

Era stupita lei stessa di sé stessa.

L'unica certezza era che non se la sarebbe sentita di rispondere a domande curiose, voleva coccolarsi questo sogno che le regalava un turbamento trepidante, infinito, che le faceva sbarrare gli occhi al mattino con un tonfo al cuore, prima ancora di aver formulato il pensiero che c'era questo nuovo lui, che l'avrebbe sentito nel corso della giornata, che le avrebbe sussurrato parole sensuali, chissà se vere o no? No, forse no, ma ora non voleva saperlo.

"Pazienza" si diceva "anche se sono balle, lui mi piace".

Regalava emozioni e tanto le bastava.

Le sembrava di vivere una favola d'altri tempi o della vita di un'altra, perché le favole carine sono sempre di qualcun' altra.

Questa volta era sua.

La nuova storia le faceva percepire una straordinaria pienezza di vita, come se tutti i pezzi di un puzzle si fossero magicamente sistemati.

Si sentiva colma, colma di ardore, di eccitazione, di commozione diffusa in un corpo intenerito.

Si erano sentiti tutti i giorni, scritti messaggi a tutte le ore diurne e notturne.

Già dal primo incontro, sulla strada del ritorno, aveva avvertito i suoi occhi nello stomaco. Aveva percepito un legame subdolo insinuarsi, silenzioso.

Il pensiero di lui non l'aveva più abbandonata.

Poi altri rari appuntamenti, di incontri professionali, per un problema di salute della madre, ma qualche cosa di diverso aveva accompagnato le loro conversazioni, uno strano e casuale sfiorarsi delle mani. Nulla più.

A questo era seguita man mano una serie di mail sempre più intime, sempre più border line, farcite di significati apparentemente anonimi, in realtà a doppia lama.

E la dichiarazione, sul telefono: da questo messaggio, che ora stava rileggendo per l'ennesima volta, aveva ricevuto la conferma della fondatezza delle sue speranze.

Si era intrecciato un filo rosso tra di loro, dalla doppia torcitura.

Un filo di profonde inquietudini.

Si era consolata pensando che, se non altro, non aveva perso completamente la capacità di giudizio.

Così un assoluto disorientamento aveva fatto sprofondare il suo spirito in quel turbamento costante che si aggiungeva alla babele dei sentimenti di quel periodo.

Erano seguiti ben presto incontri segreti e travolgenti, in cui le parole avevano trovato pochissimo spazio.

Una fusione di abbracci, di baci senza fine, che si prolungavano nella simbiosi armonica che la sintonia dei loro corpi ingarbugliati teneva avviluppata, senza pausa, nel rimbombo di cuori pulsanti, nell'ardore delle loro bocche infuocate, nel silenzio breve, nel piacere che reciprocamente bevevano uno dall'altra.

Il tempo per vedersi era poco. In ospedale, anche nel reparto di cardiologia, come in tutti gli altri, l'organico era sottodimensionato. Lui lavorava più del dovuto, con coscienza e vocazione autentiche. Prolungava i suoi turni in caso di urgenze e non; sopperiva ai turni e alle guardie di colleghi che, altrimenti, non sarebbero riusciti a godersi nemmeno una legittima settimana di ferie.

– Siamo una squadra – ripeteva continuamente ai collaboratori – mai come in questo periodo è necessario venirsi incontro.

E per primo dava l'esempio.

Anna si sentiva affascinata da questa sua vocazione, comprendeva tutti i discorsi relativi al fatto che finchè non fosse stato bandito un concorso per inserire forze nuove, la situazione non sarebbe mutata, cercava di rendersi il più accomodante possibile per incastrare i propri impegni a quelli di lui e per incontrarsi in luoghi segreti e clandestini.

Spesso si limitavano a cenare in qualche bar, senza allontanarsi dal raggio chilometrico concesso da reperibilità spontanee che lui offriva in reparto a fronte di qualche caso preoccupante.

Poi, all'improvviso, l'uomo presentò l'altra

faccia di sé.

Divenne un'anima sconosciuta che andò ad alimentare un disilluso sconcerto.

Anna stava rileggendo ora le ultime sue parole: – Ti chiedo perdono, chiudiamo qui.

– Perché, che cosa è cambiato, che cosa ho fatto?

– Tu nulla, non mi sento pronto per una storia impegnativa e non ti sento lieve.

Anna si arenava continuamente su quelle frasi e soprattutto sul "non ti sento lieve". Rifletteva con gli occhi fissi sulla strada che stava percorrendo senza meta.

"Perché dopo una follia condivisa, che poi è continuata, che poi sembrava una storia vera, perchè uno *non ti sente lieve*? Cosa vorrà significare?

Per quale motivo un uomo anziché prendere atto di un'evoluzione della vita, coinvolgente per entrambi, spontanea, forse troppo, deve velatamente accusare, ribaltando i sensi di colpa sulla donna? Sempre".

Anna gli aveva accennato, nemmeno in modo approfondito, alla questione che la stava attanagliando da giorni.

Gli aveva raccontato sommariamente del comportamento del suo capo e di tutti i dubbi e i sospetti, della loro rabbia, sua e del collega, delle intenzioni di proseguire sulla strada della chiarezza, di….

Forse aveva parlato troppo, forse soltanto a lei era parso di aver toccato in modo sfuggente argomenti così impegnativi, ma coinvolgenti, secondo i suoi canoni.

Evidentemente l'empatia, intesa nel senso del sentire dentro, poteva solo essere una prerogativa di colleghi o di persone affini, di persone che nutrono tanto affetto da essere pronte a immedesimarsi in qualsiasi momento.

Ma, ripensava, del resto anche lei, da parte sua, aveva pazientemente sopportato i suoi lamenti perché lo specializzando che avevano formato in reparto, affiancato per due anni, non era stato riconfermato, oppure lamenti per i tempi ristretti imposti per le visite che indubbiamente abbassavano la qualità del servizio, o per il costo delle manutenzioni necessarie agli strumenti che lui doveva mendicare, come fossero oro. Sì. A ben vedere, lei lo aveva ascoltato molto, eppure mai le sarebbe passato per la mente di rompere un rapporto perché in alcuni momenti si parlava di vita vera.

Evidentemente soltanto l'essersi mostrata preoccupata aveva turbato il sogno e le intenzioni del favoloso narciso, che si era già stancato di un quotidiano eccessivamente prosaico.

Ricostruiva, strada facendo, con la memoria, le diverse occasioni dei loro incontri.

Poche cene serie. In alcune rare occasioni lui l'aveva presentata ad amici fidati.

Due volte solamente lei gli si era mostrata spossata per il carico di preoccupazioni della giornata.

Solo durante quelle due volte aveva conversato dell'argomento che le stava a cuore.

Lui l'aveva ascoltata, in effetti, senza commentare, ponendo domande tecniche, per essere in grado di seguire meglio il filo del discorso.

Non se ne era resa conto, allora, ma non aveva ricevuto alcun feedback, né emotivo, né solidale. Nulla. Era perplessa.

"Cosa mi aveva detto a proposito dei miei dubbi?" cercava di ripescare nei ricordi.

Stava scandagliando le sue reazioni: un accenno di sostegno, un supporto psicologico…?

Nulla. Arrestò il passo, sbigottita, sempre riflettendo tra sé e sé. Non aveva nemmeno notato, allora, il fievolissimo, per non dire inesistente, interessamento a ciò che lei stava in quel momento vivendo.

Nulla. Anzi no, non nulla, ricorda che le parti si erano invertite.

L'unica risposta che aveva ottenuto, alla fine dell'esposizione, era stata relativa alla deferenza che il suo status di primario comportava.

Le aveva parlato, a scopo consolatorio, del gravoso problema che pure lui quel giorno aveva dovuto affrontare. Un'infermiera che gli aveva rovinato la giornata chiedendogli il malo modo: – Dottore cosa c'è scritto qui? Augumentin?

– Sì, certo.

– Non si capisce nulla di ciò che scrive, non potrebbe sforzarsi di più?

Riesaminava la scala dei problemi professionali: il suo e quella rilevante problematica di galateo: la subordinata che richiama il primario!

– Io le manderei una lettera disciplinare – aveva ironizzato Anna.

Che, fraintesa, si sentì rispondere: – Sì, in effetti dovrei proprio, perché non è la prima volta, è successo anche l'altro giorno.

– Oppure, che cavolo, non è che tu debba scrivere meglio? – aveva tagliato corto lei, scocciata.

Pensava e ripensava.

Stava diventando un'ossessione. Non sapeva se l'oggetto dell'ossessione fosse la mancanza dell'amico del cuore o il suo orgoglio ferito per il rifiuto immotivato che aveva subito. Forse lei non gli piaceva più…eppure aveva avuto segnali inequivocabili che confermavano l'attrazione verso di lei.

"Forse" insisteva con sé stessa nel voler capire "la causa reale stava in una delle prime frasi che mi aveva scritto e che io non avevo voluto capire fino in fondo: 'voglio giocare con te' mi aveva comunicato. Era stato chiaro".

E il gioco, adesso, era semplicemente finito.

Alzò lo sguardo, vide il nome della via che senza essersi accorta, stava percorrendo, Via dei Poeti: ecco, appunto, giusto di lirica era adesso intrisa la sua vita!

Si proiettava continuamente nella mente la figura del suo predatore: guidava una Lexus, giocava a golf, disdegnava con sprezzo cortese i colleghi così provinciali di quell'ospedale, così diversi dai colleghi di Milano, da dove si era traferito.

Poche le persone ritenute degne. Lo status e forse i natali, lo costringevano spesso ad effettuare selezioni stringenti delle persone da frequentare o da ammirare.

"Però era un bravo medico…però le era sembrato una persona generosa con il prossimo…però…"

La mente di lei ospitava pensieri zingari, che andavano a zonzo, sporcando con le loro impronte, le immagini leggiadre, stampate a colori vivaci, delle emozioni degli ultimi incontri.

Ne era dispiaciuta. Non capiva.

"Se siamo lievi veniamo giudicate leggere, se utilizziamo l'intelletto siamo grevi, se ci mostriamo per quello che siamo, con il nostro carico di umanità, non arricchiamo le fantasie dei bambinoni che, poveretti, si stancano subito del giocattolino, dopo averlo fatto sognare, sperare, palpitare, mah? Che vadano al diavolo!" e tentò di concentrarsi sul percorso che l'aveva portata dalla parte opposta a quella dell'hotel.

Sapeva che l'avrebbe dovuto sentire, esigeva almeno una spiegazione.

Ma non ora.

Cercò di abbandonare il pensiero. C'erano altre priorità da affrontare.

Con l'animo carico di angoscia, raddrizzò le spalle, chiamò a raduno tutti i pensieri positivi che se ne stavano ripiegati e nascosti, come rimasugli di un'altra vita.

Arginò lo spazio allo sconforto che si stava impossessando voracemente di tutto il suo corpo.

Si accorse che incominciava a rilevare un dolore fisico, stava male, fitte pungenti come lance affilate affondavano nelle sue membra.

Non avrebbe potuto permetterselo.

Impose a sé stessa un ordine perentorio: riappropriarsi della sua vita.

Non doveva lasciare che le inquietudini amorose avessero il sopravvento, non poteva lasciarsi schiacciare, anche da quelle.

Visualizzò sé stessa forte, costruì la propria rappresentazione sul teatro della vita e decise che, come tutti i forti, avrebbe recitato la sua parte, ogni giorno.

Si concesse un aiutino immaginandosi seduta in Tribunale, pensando come il suo parere fosse stato molto apprezzato e le occasioni erano state molte. Si costrinse a riesumare quelle situazioni in cui la sua autostima era stata accresciuta da riconoscimenti autorevoli o da affetti incontestabili.

Anche se adesso era stanchissima e vedeva accanto a sé solo i frammenti di uno specchio. Ciascuno rifletteva un momento speciale.

I suoi occhi li osservavano da lontano. Doveva solo avvicinarsi. Chinarsi. Raccoglierli. Rimetterli insieme. Un po' per volta.

Radunò di nuovo con la mente il suo fardello, cercò qualche cosa di bello e importante che glielo avrebbe scrollato di dosso… non lo trovò. Si limitò a buttarsi il fardello dietro le spalle, almeno per non venirne soffocata.

Scovare nel profondo della verità non le avrebbe giovato, ora. Doveva sospendere e rimandare.

L'imperativo era considerare solo ciò che sarebbe stato funzionale a salvarla dalle situazioni imminenti.

Perché lei, se la sarebbe comunque cavata.

Si accorse che alcune lacrime le stavano scorrendo, inutili, sulle guance, precipitando sulla terra che le assorbiva e le faceva sparire.

Si sentiva sola. Semplicemente perchè lo era.

Avvolgendosi stretta nel piumino, elencò tra sé le amiche e gli amici cari, quelli che a parte i genitori si sentiva vicini, che la cercavano, quelli che si interessavano a lei.

La morsa allo stomaco che la attanagliava si bloccò su quella frequenza, non aumentò.

Il tremore che la opprimeva da giorni cessò di prevaricare.

Si passò i polpastrelli sugli occhi per asciugarseli.

Quasi sorrise: si accorse che aveva probabilmente il trucco sbavato e degli affetti veri.

E quest'ultimo pensiero incominciò impercettibilmente ad affievolire i due tormenti che la stavano tiranneggiando.

ALLA RICERCA DI UNA SOLUZIONE

La scena si era ripetuta: colazione abbondante, servita dalla cameriera cicciona, nel solito bar del centro, croissant, spremuta e caffè, che anzichè sedare l'ansia, l'aumentò.

Ma i riti aiutano, quindi anche il caffè fu chiamato a giocare il suo ruolo routinario.

Erano quasi in ritardo, affrettarono il passo. Salirono in macchina, veloci si diressero verso la sede regionale del Tribunale dove li attendeva la Presidente.

Gli uffici o gli studi non sono tutti uguali, ne esistono arredati con mobili barocchi, con un tocco moderno, misti, oppure minimal, o asettici.

Questo tanto per cambiare era vetusto, pesante nell'arredamento e nell'atmosfera.

La Presidente del Tribunale, in compenso, diffondeva folate d'aria effervescente: era una donna sui sessant'anni, longilinea, mora, magrissima. Vestiva jeans, un maglioncino in cashmere grigio e una giacca nera. Calzava disinvolti polacchini. Orecchini di perla nera a monachella, un Trilogy e una fede sottile erano i suoi monili.

Sorrideva, spigliata.

Anna si rianimò.

– Sapevo che mi avreste chiesto udienza. Vi aspettavo da qualche giorno – esordì la Presidente, sorridendo.

Riassunsero brevemente la questione, anche se non ce ne sarebbe stato bisogno: ormai era trapelata e nota se non a tutti, a molti.

E ne erano consapevoli entrambi.

Ultimamente, infatti, camminando lungo i corridoi e entrando nelle diverse aule del Tribunale, si potevano notare capannelli di avvocati, particolarmente ciarlieri e eccitati, confabulare tra di loro.

Era un argomento scottante, per certi versi gustoso e appetitoso.

Lei, senza muoversi dalla poltrona, aveva inondato l'atmosfera della stanza di gioia vaporosa.

– Vi capisco, avete pienamente ragione e vi assicuro tutto il mio appoggio.

I due si erano rilassati, abbandonando i dubbi iniziali.

– Anche a me – continuò – era capitata, anni fa, una situazione analoga. Avevo denunciato senza esitazione un collega per interessi privati in una causa in cui una delle parti era il genero.

Quindi capisco perfettamente – aveva continuato, in modo aperto e cordiale – sono i tipici casi in cui la ragione è chiara e lampante, ma la realtà è difficile da sistemare.

– Bene – asserì molto risollevata Anna – quindi procediamo.

– Certamente, anche se è necessario meditare bene l'azione che si andrà a compiere, per non pentirsene, in un secondo momento. Il caso è di estrema delicatezza – sembrò retrocedere di fronte alla decisione già presa dalla collega – bisogna vedere….

– Io mi sento pronta ad affrontarne le conseguenze, non so lui – asserì Anna, in tono confidenziale, quasi da donna a donna, più che da giudice a suo superiore.

Massimiliano questa volta rispose con un sorriso, senza una parola.

– Conseguenze? A parte una denuncia quali altre conseguenze?

– Un trasferimento immediato per esempio. Anzi, Presidente, ti chiederei formalmente di valutare il mio trasferimento ad altra sezione, per ovvi motivi di opportunità e di quieto vivere – si affrettò a concludere Anna.

– Certamente, assolutamente comprensibili. Ma non avere fretta cara collega…

– Non ho fretta, ma dati i tempi burocratici forse sarebbe il caso che inoltrassi la richiesta immediatamente.

– Inoltrala pure, se ritieni questo il passo corretto.

– E' il passo necessario. Come si potrebbe immaginare da domani la mia vita professionale in questo collegio? Adempiremmo serenamente ai nostri compiti dopo quanto è accaduto, a tuo parere?

Poi, rivolgendosi a Massimiliano gli chiese con lo sguardo, prima ancora che con la voce, di sostenerla.

– Convengo con la collega, Presidente. Il clima che si è ormai, nostro malgrado, instaurato, non sarà certamente proficuo ai fini di un lavoro imparziale e tranquillo.

– Capisco, capisco…

– Procederò, anche se…esiste anche un aspetto disciplinare oltre che penale da tenere nella dovuta considerazione e quindi…

– Vorrei precisare – si affrettò ad esplicitare a questo punto Massimiliano – scusa se ti interrompo, Presidente, ma mi sembra rilevante, la mia volontà di non promuovere alcuna eventuale azione, in caso di mio trasferimento certo.

La Presidente Taglietti, pragmaticamente, si riservò una giornata, per chiamare i vertici e poi riferire.

Si accordarono quindi per un contatto telefonico, il giorno successivo.

Anna uscì dall'ufficio più confusa che mai: cos'era stata quella spinta inziale di sostegno, avvallata da un aneddoto personale su un caso analogo, quasi un plauso alla sua decisione di denunciare, poi subito commutata in sospensione da ogni azione, in nome di una cautela che mal si confaceva all'esigenza di reagire urgentemente al torto subito? Cosa significavano quei consigli di attesa, quella prudenza, da una persona che, a dir suo, avrebbe voluto abbracciare la causa?

Le sembrava in realtà che ogni situazione stesse precipitando e che la sorte le si voltasse contro, per frenarla, per impedirle di procedere.

Se ne restò chiusa nei suoi pensieri, senza sprecare commenti, né ira.

Dall'esito della telefonata Anna trasse le sue conclusioni che riferì freddamente al collega il giorno successivo in ufficio.

– La Taglietti ha chiamato Roma, credo abbia presentato in breve la questione, ma soprattutto e molto più ampiamente me, come una rompiscatole.

– In sintesi… quindi?

– Quindi come al solito sarebbe stato molto più semplice tacere, fingere che tutto fosse condiviso e non alzare un polverone.

– Arrivi a conclusioni affrettate perché sei in

preda all'ansia.

– Sì, sono in preda all'ansia. Tutti riconoscono le nostre ragioni, a parole, ma non vedo provvedimenti in vista, né tantomeno trasferimenti.

– Provvedimenti di che tipo? Non abbiamo ancora sporto formale denuncia penale…

– Ma ti sembra possibile dopo quanto è successo, che si continui a lavorare gomito a gomito con quell'essere?

– Non puoi pretendere che ti trasferiscano dall'oggi al domani.

– Perché, con Donini l'anno scorso non è successo?

– Sì, è successo, ma…

– Allora avrebbe potuto inoltrare subito domanda anche per me, e anche per te, sempre che ti importi ancora qualche cosa.

– Certo che mi importa.

– Ecco, chiedevo solamente che mi cambiassero sezione, invece mi toccherà rivedere in faccia quest'essere odioso tra dieci giorni, e ricominciare ad incontrarmi con lui, ad incontrarci tutti e tre insieme per prendere decisioni collegiali. Ma t'immagini, noi tre a lavorare ancora come squadra? Un incubo.

– Anna, non ti rispondo nemmeno più. Mi sembri una bambina capricciosa. Gli parleremo come al solito, ti ricordo che non abbiamo ancora …insomma che abbiamo depositato solo un esposto al Ministero.

– Che è comunque un chiaro atto di sfiducia e soprattutto di lesa maestà! Comunque, io credo che procederò col penale, tanto da questa mi sa che non se ne cava niente e per me è come se la situazione fosse già pendente…Tu piuttosto, che intenzioni hai? Continuo a non capire fino in fondo…

– Non lo so – rispose perplesso Massimiliano, che dopo aver incrociato lo sguardo della collega, distolse il suo, imbarazzato, questa volta in modo manifesto.

La evitava, con vuote giravolte su sé stesso, finalizzate a movimenti senza scopo.

Prendeva una penna, scarabocchiava qualche cosa e la abbandonava per premere qualche tasto sul telefonino e poi riporlo in tasca. Respirava profondamente, si avvicinava alla finestra e si riportava al punto di prima.

– Ecco, vedi, l'avevo percepito. Tu te ne stai tranquillo perché in realtà non muoverai un dito.

– Ho detto che non lo so, non che non muoverò un dito. Non-lo-so! – sillabò Massimiliano, con il tono di voce decisamente alterato.

– Dimmi la verità: se ti concedessero il trasferimento saresti disposto a continuare, a denunciare quello per come si è comportato?

Massimiliano arrossì, lievemente, abbassò soltanto un attimo lo sguardo, aspirò e aprì lentamente la bocca per rispondere, prendendosi qualche secondo di troppo.

Lo fece Anna, al suo posto.

– No, non lo faresti – sussurrò lei con un filo di voce, abbandonando le braccia lungo i fianchi, quasi incapace di trovare altre parole per la delusione cocente che le stava colorando le guance d'un rosso scarlatto, di rabbia per nulla celata.

Rimase così, in immobile apnea. Poi continuò: – No, non lo faresti perché ciò che ti importa è star bene e risolvere i tuoi problemi personali. Ecco cosa ti importa. Non la correttezza, la trasparenza, forse nemmeno l'onestà. Ti rammento che queste aule, tutte, si chiamano 'di giustizia'. Ne hai mai sentito parlare?

– Calmati Anna! Quando ti metti a fare la Giovanna d'Arco mi tiri i nervi. Sei veramente indisponente.

– Ah, ecco, indisponente. Scusa tanto se ho turbato la tua serenità, così, per un mio vezzo! Sai sono una donna alienata, devo movimentarmi la vita! – se ne andava in giro per la stanza, facendosi anticipare da parole fiammanti, che sembravano aprirle varchi di spazio.

– Andrò a seguire qualche lezione di galateo – gli urlò con un tono di voce polare, poco consono alla calma piatta che aleggiava nel torpore degli uffici affacciati sul corridoio nel quale si era catapultata, sbattendo la porta dietro di sé.

Lui riaprì la porta e la seguì, camminando il più leggero possibile, con la testa china. Le braccia lungo i fianchi e i pugni serrati. Avrebbe voluto rendersi invisibile.

Anna non poteva non notare le tante teste che facevano capolino da dietro le scrivanie, che lanciavano sguardi di evidente curiosità. Sentiva occhi, prima inesistenti, accompagnare i loro passi, vedeva busti eretti staticamente innalzati dietro un monitor, rivolti verso di lei.

Era certa di aver lasciato la scia di un intrigante argomento di conversazione professionale, che avrebbe risollevato gli spiriti annoiati, durante tutta quella giornata e probabilmente quelle successive.

Visibilmente adirati, camminavano a lunghi passi attraversando corridoi e scendendo scale del Tribunale.

Anna aveva già da tempo notato che molti volti noti, colleghi con i quali aveva sempre intrattenuto ottimi rapporti, sembravano volerla evitare.

Non percepì immediatamente questa sensazione, si accorse dapprima che doveva faticare più del solito ad incrociare gli sguardi altrui, notò una certa riluttanza a ricevere in cambio i saluti che lei porgeva, coglieva occhiate sfuggenti, che fissavano interrogative Massimiliano, per poi ricadere, velocemente, anche su di lei, quasi forzatamente, rimpallavano di nuovo sul collega e si sottraevano alla traiettoria con un giro di tacco.

L'elenco dei siparietti si allungava ogni giorno: un'improvvisa necessità da parte di un collega di scovare qualche cosa tra i fascicoli, al suo avvicinarsi, che lo costringeva ad immergersi nella pila delle pratiche con sproporzionato slancio, un'urgenza da comunicare al telefono che obbligava un altro a concentrarsi a capo chino sul cellulare e molte, molte confidenze, scambiate a bassa voce al suo passaggio, dopo silenzi sospesi.

Mentre, al contrario, Massimiliano ricambiava i soliti sorrisi, magari un tantino più veloci e sfuggenti, ma sorrisi.

Espressioni che a lei, da qualche giorno, non venivano più riservate, fatta eccezione per una collega la quale, ben sapendo del moto di ribellione, si era amorevolmente prodigata in un consiglio: – Anna, bisogna voler bene al proprio Presidente di collegio!

Anna aveva rinunciato a comprendere se quel voler bene stesse a significare 'così puoi fare ciò che vuoi' oppure 'così poi ti aiuta' o ancora 'sicuramente ti serve, è più opportuno'.

Probabilmente non avrebbe mai attinto alla sapienza di quelle perle di saggezza, né alla fonte di quel bene: l'unica certezza che aveva era che avrebbe dovuto cavarsela, comunque da sola.

Non le importava più di nessuno.

Osservò Massimiliano, muta.

Cercava risposte alle inconsuete percezioni che boccheggiavano nel suo animo, punteggiandolo di nuovi disagi.

Uscirono dal Tribunale in silenzio.

Ripercorsero il tragitto muti, senza guardarsi.

Su di loro era calato un velo di gelido imbarazzo, che prima non conoscevano.

Decise di tornarsene a casa, aveva bisogno di staccare, per un po', di riabbracciare persone care, persone amiche.

Consultò l'orario dei treni. Forse sarebbe riuscita a prendere quello delle 15.45.

Radunò i vestiti e i libri, salutò il portiere, un vecchio signore, che con uno dei suoi mezzi inchini ricambiò il saluto raccomandandole: – Si riguardi dottoressa, lei ha bisogno di riposo.

Gli sorrise, stanca, chiedendo di mettere sul conto mensile e uscì, respirando a pieni polmoni la pausa mentale che già pregustava.

Si accorgeva che doveva imporsi di camminare eretta. Sentiva il peso dei suoi pensieri schiacciarle le spalle.

Aveva un cerchio alla testa, che la portò automaticamente ad estrarre una pastiglia dalla borsa e ad ingoiarsela, per deglutirla con forza, come se cacciando giù quella dura consistenza, potesse sfondare il nodo che le serrava la gola.

L'attendeva un convivio tra amici, la sera stessa, organizzato velocemente, in modo informale. Una di quelle cene liberatorie e confortanti che piacevano a lei.

Non avrebbe sopportato nulla di diverso.

L'Iphone arpeggiava festoso: la chat di WhatsApp stava concertando il banchetto, anticipando l'allegria che avrebbe aleggiato.

– Io porto i formaggi.

– Io il cane.

– Emoticon con lacrime di risate

– Faccio una pasta?

– Emoticon della pizza.

Anna inviò quello con la torta.

Si ripromise di recarsi all'Antica pasticceria del Corso, una volta arrivata a casa, per assicurarsi una delle loro fantastiche Millefoglie.

Sul treno cercò il posto prenotato, senza guardarsi nemmeno intorno.

Tolse il piumino, lo arrotolò su sé stesso riducendolo ad un piccolo involucro di leggerezza, lo infilò tra la borsa e i libri e mise in carica il cellulare.

Poi si abbandonò sul sedile, volgendo lo sguardo al finestrino, attendendo il momento in cui il convoglio sarebbe uscito dalla città, per fuggire con la mente, tra distese e campagne ampie, dove la velocità era l'unico segno del passare del tempo.

Il rumore sopito delle lamiere in corsa, avrebbe assorbito e anestetizzato il suo vuoto cavernoso.

Entrò in casa per una doccia di tre minuti.

Si rivestì velocemente con un abitino di lana merino nero, raccolse i capelli e si spennellò un filo di trucco. Da ultimo mentre calzava le sue Hogan da battaglia, si inanellò le dita, aprendole con i palmi delle mani rivolti verso il basso per controllare le smalto, ancora accettabile.

Uscì di fretta, senza motivo, perché questa volta non era in ritardo. Ma lei la portava con sé quella fretta, sempre.

Sembrava doversi riempire la vita, le ore, in modo frenetico, quasi fosse questa eccitazione l'unica forza in grado di sorreggerla.

Se ne rese conto dopo qualche falcata, guardò l'orologio e rallentò il passo. Decise di allungare il tragitto passando dal centro per ritirare la torta, e di raggiungere la casa di Elisabetta a piedi.

Quando suonò alla porta sulla quale troneggiavano ancora una corona natalizia di frutta secca e rami di pino intrecciati con rametti di cannella, aspettò inutilmente e sorrise, ascoltando la musica e le grida miste a risate di Elisabetta che, immaginava, forse aveva combinato qualche cosa in cucina.

Dopo un secondo rintocco di campanello si presentò Alessandro, addobbato con un enorme grembiule da cuoco dai disegni natalizi e una rosa di natale incollata sui capelli.

La accolse con un baciamano, ma non corretto.

– Ale, te l'ho detto mille volte, non si bacia davvero.

– Allora così! – e le schioccò un affettuoso bacio sulla guancia.

– Ma, Natale e la Befana sono già passati…ancora tutti questi decori, come l'anno scorso, fino a Carnevale?

– Sì, ma sono passati da poco…e poi tanto è uguale, no?

– Ciao bella!

– Ciao cari!

Seguì l'atteso e rituale scambio di baci e abbracci, strusciate di mezzi busti, ma più teneri e calorosi del solito.

La maggior parte del gruppo con il quale Anna si manteneva in contatto costante, era a conoscenza dell'evoluzione della querelle.

Anzi, aveva avuto la netta sensazione che quella cena fosse stata organizzata per lei, dopo quella settimana stressante e preoccupante.

Ma non l'avrebbe mai saputo, erano le cose che si facevano senza spiegazioni. Si facevano e basta.

– Diego e Silvia?

– In Messico

– Poveracci…sempre in giro. E quando tornano?

– La settimana prossima. Ma questa volta per lavoro.

– Per quel contratto? Hanno chiuso?

– Pare di sì.

– Bene. Una buona notizia ogni tanto. Immagino si fermeranno qualche giorno in più per festeggiare…

– Sì, rientrano martedì prossimo.

Adocchiò la tavola e, intanto che chiedeva a loro di loro, prese il mazzo di posate che nessuno aveva ancora distribuito e terminò di apparecchiarla, mentre Andrea affettava culatello di Zibello, con calma, Gianni stappava i vini per farli decantare, impegnatissimo, Tiziana sfornava le lasagne per poi porzionarle, Emanuela raccoglieva le briciole di un brasato forse troppo cotto, Roberta artisticamente creava il suo solito pinzimonio e Stefania sistemava il tagliere dei formaggi ed i cestini di pane.

– Vedo che non moriremo di fame nemmeno 'sta sera, ragazzi!

– Dovete smetterla di tentarmi, io sono a dieta…

– Basta che lasci a noi i vini.

– Accomodatevi! – invitò inutilmente la padrona di casa perché quasi tutti avevano già preso posto.

– Allora, un uccellino mi ha detto che li stai distruggendo tutti, Anna!

– Taci, non parlarmene.

– Invece raccontaci – la incalzò curiosa Simone, facendo scrocchiare un finocchio con le mani.

– Ragazzi non ne usciremo mai! L'Italia è dei corrotti e dei bastardi!

– Tu intanto fai bene a rompere le palle!

– Sì, come se fosse semplice, vai a dirlo a Massimiliano.

– Perché?

– Perché ha cambiato idea, quel cretino!

– E te pareva?!

– Come ha cambiato idea, ma non vi sostenevate a vicenda?

– Sì, certo, ma le convinzioni resistono finchè durano, no?

– Ma sei sicura che quello abbia le palle? – insinuò Federico.

– Francamente qualche dubbio mi sta venendo.

– Anche a me, anche a me – riecheggiò Alessandro, con la voce in falsetto – per me è un eunuco, non parla mica così?

– Non parla proprio.

– Com'è inaffidabile! Ma non c'era una bella sintonia tra di voi? Mi sembrava vi appoggiaste l'uno all'altra…

– Sì, Paolo, ma adesso giuro che non capisco più. L'altro giorno dalla Taglietti ha fatto una parte che non mi è piaciuta. Sembrava volersi tirare indietro.

– Come tirare indietro?

– O meglio, sembrava voler desistere in caso di trasferimento sicuro. Capite, alla fine a chi importa se il capo si è comportato in modo deontologicamente inaccettabile? Alle fine ciò che anche a Massimiliano importa è salvarsi la pelle e venire fuori al più presto da questa situazione. Ho capito che se lo spostano, lui si ferma, blocca tutto.

– Da quel che dicevi sembrava così motivato…

– Ma ogni giorno è diverso dall'altro. Dipende da ciò che capita.

Aveva deciso di tacere, per ora, la storia dei messaggi. Troppo indefinita anche per lei. Non sarebbe riuscita a fornire una spiegazione esauriente, non aveva elementi certi.

Non credeva nemmeno lei a ciò che maldestramente il collega aveva imbastito, nè voleva apparire una ragazzina ingenua.

– Insomma – cercò di riassumere Paolo tra una fetta di salame e un bicchiere di vino – adesso a che punto sei?

– Sono al punto che la Taglietti ha parlato con Roma, che sta valutando di spostarmi in altra sezione o sede; ma mi sembra di aver capito che la presentazione del caso sia incentrata tutta sulla mia vena polemica, più che suoi fatti oggettivamente accaduti. Mi presenta come la rompiscatole di turno, che ha litigato con il suo presidente, che chiede di essere spostata solo per qualche capriccio, perché non sa lavorare con gli altri e litiga con tutti: in una parola un'isterica zitella.

– Ma se lo sanno anche i muri che quel collega è uno che non lesina a chiedere due favori al posto di uno, altrimenti non si muove. Dice mia sorella che ha telefonato per farsi regalare l'abbonamento per la stagione lirica. Ha chiesto il palco...

– E' un artista, a modo suo, no? – ironizzò Alessandro.

– Infatti, dice che ha appena fatto un favore al direttore dell'orchestra...

– Ah, ecco!

– Certo… lui fa favori a tutti..

– E come va l'arredamento della sua casa? – buttò lì Tiziana.

– Potrebbe esporre un cartello con la scritta 'Antichità' fuori dal cancello, è colma di mobili come un negozio d'antiquariato! Peccato che lui se li faccia regalare appena può.

– Ma come fa uno a fare il Presidente, con il carico di sentenze da redigere e immagino di pratiche da studiare, presenziare a tutte le inaugurazioni, a tutte le cerimonie, a tutte le celebrazioni accademiche, a tutti i cocktail party…

– No President, no party – rise di lui Federico.

– Ci manca solo di vederlo sorseggiare il caffè Nespresso con il bel George.

– E i tuoi colleghi cosa ti dicono? Gli altri intendo dire – osò quasi timidamente Stefania, percependo la delicatezza dell'argomento.

– Ecco, appunto. Altro bel capitolo. Si girano dall'altra parte quando mi vedono.

– Come sei drastica! – cercò di consolarla.

– Ti assicuro Stefy, quando passo a fianco di un capannello di colleghi e quelli mi vedono, ora smettono di parlare. Quasi tutti lasciano trapelare molto imbarazzo in mia presenza, credimi. Sembra facciano fatica a salutarmi…

– Io no – la baciò su una guancia Federico.

– Ormai credo che la notizia del nostro esposto abbia fatto il giro del tribunale, ne parlano cani e porci. Ma non ho ricevuto, ad oggi, un segno di solidarietà da nessuno, non una telefonata, nemmeno una richiesta di informazione per sapere come siano andate effettivamente le cose.

– Anna, non mollare, tu hai fatto benissimo ad agire in questo modo – la tranquillizzò Emanuela, seguita immediatamente da un coro di voci solidali.

– Perché è una brava ragazza, perché è una brava ragazza, perché è una brava ragazza... – intonarono i maschi con i bicchieri innalzati, pronti per il brindisi.

Risero, insieme.

Trascorsero la serata con gli occhi puntati discretamente su di lei, ad eccezione che negli intervalli in cui inforcavano qualche cosa sul piatto.

Avevano i corpi protesi in qualche modo nella direzione di Anna, i gomiti sul tavolo, alcuni addirittura sporti in avanti, quasi volessero avvicinarsi a lei il più possibile.

Alternavano battute goliardiche, incrociando tra loro, di nascosto, sguardi seri e preoccupati.

Non volevano deprimerla ulteriormente, desideravano ascoltarla, farla parlare. Non volevano si sentisse sola.

– Non capisco più niente, ho la testa così confusa. Da una parte una voce, il mio Grillo parlante, mi ripete continuamente che ho fatto bene, che questa è la strada giusta. Dall'altra mi chiedo chi me lo faccia fare, mi chiedo se ne valga effettivamente la pena. In fondo si tratta di bei principi, di valori importanti, ma astratti: quella che cambia è la vita vera, la tua vita che incomincia a diventare uno stress, che si colora di un grigiore quotidiano, perché nulla più ti sembra né facile né apprezzabile con questo peso sull'anima. E è una lotta, una lotta continua con il mondo, con i colleghi che ti isolano, a poco a poco, con il collega fidato che fino a due giorni prima ti sembrava in un modo, che ti sembrava una quercia sulla quale fare affidamento e che due giorni dopo ha i suoi, legittimi, per carità, ripensamenti e ti molla lì e, poi, ci si mette pure il cardiologo…

– Chi? Ferdinando? Cosa c'entra lui? – insorsero con un bagliore interrogativo e curioso tutte le amiche.

– Sì lui, quel narciso che avevate conosciuto anche voi, che forse mi piaceva, forse pure io a lui, ma per poco, finchè non ha capito che ho anche una testa, un lavoro e questa preoccupazione. Devo averlo stancato subito, il bamboccio, evidentemente non sono molto divertente in questo periodo.

– Ci devi raccontare tutto, adesso! – ordinò Luisa.

Anche Daniela e Roberta avvicinarono le sedie.

Rise. Per poi aggiungere: – Non me la sento, sto male solo a pronunciare il suo nome. Non vi faccio leggere i suoi messaggi perché non si fa, ma mi piacerebbe – le mortificò con gentilezza.

Poi, ripensandoci: – No, anzi, guardate, ve lo racconto io, così mi direte che cosa ne pensate, oppure mi direte che sono cretina. Sì, ve lo chiedo io, ditemi in faccia che sono cretina a farmi abbindolare da uno del genere.

– Come sei tragica!

– Ma cosa ti ha detto?

– Dai!

– Allora?

Anna mostrò distrattamente qualche fotografia di loro due un pomeriggio, al lago, lei aveva l'aria svagata, più triste che sognante.

– Che bel figliolo, però! – esclamò Elisabetta.

– Ha quel non so che… non c'è che dire! – commentò Tiziana.

– Ma… allora… che è successo? – pronunciarono in un coro asincronico le altre.

Anna rispose con un gesto vago della mano, guardando altrove. Riassunse l'evoluzione anche di quella storia.

Aggiunse dopo un attimo: – Già! Ma non me

ne va bene una, lo sapete?

– Ma almeno con lui, ne è valsa la pena?

– Sì, per pochi momenti, sì, ora non lo so più.

– Ogni lasciata è persa! Hai fatto benissimo!

– Meglio avere un rimorso che un rimpianto!

– Brindiamo! – invitò Andrea versando nuovamente da bere a tutti, non senza incrociare altri sguardi, ancora più increduli e preoccupati.

Ci scherzavano sopra, senza voler commentare le inquietudini. Non sarebbe servito.

– Bevi, tieni, bevi per dimenticare – le suggerì poi, porgendole un bicchiere di vino.

– Ma quante rivelazioni dalla nostra Annina – si avvicinarono ancor di più anche gli uomini, fintamente disinteressati al discorso, in realtà molto coinvolti.

– Le donne! Non vi capirò mai, sempre ad aspettare il grande amore – declamò Paolo.

– E voi sempre a pensare ad un'unica cosa!

– Questa è una stupidaggine!

– Com'era? 'E dammi mille e mille baci ancora'...

– Più bella è 'carpe diem'! Non possiamo impedirci anche di essere arrendevoli, ogni tanto. Del resto, tu sei libera. Beata te!

– Hai fatto bene, figuriamoci, saresti di ghiaccio altrimenti! – le soffiò Stefania a bassa voce.

– Io sono libera, lui veramente no.

– Mica è sposato, convive!

– Anche questa è una stupidaggine!

– Se vuoi ti consolo io...

– Anch'io...

– Grazie cari, ma siete come i miei fratellini!
– sorrise.

– Fratelli, ci dice! Vedi, fratelli, siamo come
fratelli! Versamene un goccio, va'!

– Facciamo un brindisi!

– Qui si gioca pesante! Olè! Un brindisi alle
sorelline! – Simone sollevò il bicchiere con una
delle usuali battute.

– E diciamo tutti insieme 'Ne è valsa la pena!'.

Quella sera, Anna uscì dalla casa dell'amica
molto più allegra di quanto non fosse al suo ingresso.

Si riaccompagnarono a casa a vicenda, non si
capiva bene chi fosse il più allegro.

Avevano riso, avevano trascorso una serata
che da sola sarebbe valsa, in equivalenza, molti
mesi di sedute psicanalitiche, per l'effetto libera-
torio che l'amicizia e il buonumore portavano
con sè.

Si sentiva decisamente più leggera.

Non felice, ma lieve.

– Stasera quello là, non mi troverebbe così
greve. Avrebbe potuto conoscermi un po' me-

glio – si rammaricò tra sé e sé.

In quel momento sembrava non le importasse molto di lui, anzi, le importava appena appena.

Presto si addormentò.

QUANDO SI TENTA DI INSABBIARE

Aveva deciso di prendersi un fine settimana lungo di riposo.

Sapeva che qualche pratica la chiamava a gran voce dal suo studio, ma proprio non si sentiva lucida.

Schiava di telefono e email, non riusciva a staccare la connessione mentale con il Tribunale, con i vari Presidenti, con Roma…

Dopo colazione lesse le prime pagine del Corriere della Sera sull'Ipad.

Leggeva e rileggeva.

Chiuse la copertina rossa.

Uscì per qualche commissione rimandata da giorni.

Ritornò in casa dopo quindici minuti, a prendere una prescrizione medica che si era dimenticata sul tavolo, per acquistare un farmaco.

Uscì di nuovo, rispondendo svogliatamente al saluto del portiere.

Riassunse l'evoluzione anche di quella storia.

– Come scusi? – realizzò che l'aveva chiamata. Tornò sui suoi passi.

Le consegnò una busta: conteneva il messaggio, vergato a mano, con grafia incerta, di una vecchia amica della madre, che era passata, trovandosi in città, senza preavviso: si scusava, le raccontava qualche cosa, la abbracciava.

Guardò il biglietto del messaggio: non ne vedeva da secoli, forse da quando era bambina. Pensò che avrebbe dovuto rispondere, più tardi.

Si incamminò verso il Corso, telefonando a Marco, un amico, avvocato, un vecchio compagno del liceo.

Ora lui era sposato, con due figli. Si incontravano una volta ogni stagione, per un caffè veloce, per riallacciare il filo delle vite che ormai scorrevano una lontana dall'altra.

Ma era bello sapere che qualcuno la pensava ogni tanto, senza altra intenzione se non quella di mantenerla nella schiera degli 'affezionati'. L'aveva chiamato lei questa volta, aveva bisogno di parlargli, di sentire un parere tecnico e soprattutto sincero.

Oltrepassò una farmacia, già dimentica del farmaco che avrebbe dovuto acquistare.

Lo aspettò cinque minuti, seduta al bar dove si erano dati appuntamento, all'esterno, sotto un fungo, sfidando la temperatura glaciale per godersi flebili raggi di sole, da assorbire con il respiro, più che sulla pelle.

Arrivò, le sfiorò la guancia con un bacio, per salutarla.

Entrarono quasi subito in argomento. Prima lei, si informò di lui che si limitò ad un: – Tutto a posto, grazie – senza aggiungere altro di sé.

Era ormai al corrente, perché le voci girano nelle circoscrizioni delle diverse Corti d'appello e perché nell'ambiente ormai tutti sapevano.

– Senti, Anna, se tu avessi ignorato il fatto staresti meglio o peggio?

– In tutta sincerità è quello che mi sto chiedendo…

– Non staresti così, ti crogioleresti nei sensi di colpa. Sentire di aver fatto tutto quanto era nelle tue possibilità per avere la coscienza a posto, credimi, è un sollievo anche nell'irrequietezza. Una come te sarebbe schiacciata da 'elusione del senso del dovere' – disse sorridendo.

– Al diavolo i sensi di colpa. L'educazione cattolica, tutto questo senso dell'onestà che ci hanno inculcato non fa altro che ritorcersi sempre contro di noi. La correttezza ti fa fare un passo indietro, l'onestà ti fa piegare, la trasparenza ti fa isolare, ma che cavolo…

– Cosa c'entra adesso la religione cattolica? A parte il fatto che tutte le religioni richiedono una loro integrità, richiedono rispetto e correttezza alla fine. Cambiala, fatti buddista, così ti imporresti la calma come modus vivendi…

Le sorrise, di nuovo.

– Dai Anna! Ora come pensi di procedere?

– Dimmi sinceramente, Marco, secondo te, che cosa devo fare?

– Devi decidere se intendi procedere o meno con un atto formale di denuncia.

– Intendo procedere, questo, sì. Inoltre, Massimiliano ha ricevuto delle informazioni diciamo anonime, tramite messaggi da mittente sconosciuto, che non so interpretare…

– Che dicevano?

– Il primo che mi ha mostrato, informava sulla modifica della sentenza, non diceva motivazione, diceva sentenza. E il secondo gli chiedeva 'Tu cosa fai?' precisando che 'lui non si sarebbe schiodato'.

– E tu non hai ricevuto nulla?

– Nulla.

– Chi fa queste cose è un dilettante, non sa che potrebbe essere rintracciato con niente. Sarà una donna.

– L'avevo pensato anch'io. Alla fine è l'unica spiegazione.

– Sarà una che si è innamorata di lui, o che si vuole sentire un'eroina, o che si è elettrizzata per gli intrighi che vede intorno a sé. Ma alla fine non importa nulla di tutto questo. Lascia perdere, quella o quello, chiunque sia, non conta niente.

Fece spallucce disinteressate.

– Quindi ho fatto bene a non approfondire. Non ne avrei avuto nemmeno i mezzi.

– Appunto. Non avresti potuto nemmeno volendo. Il telefono è intestato a lui, a te nessuno ha mandato niente.

Respirò profondamente, guardando altrove, con le palpebre socchiuse, trafiggendo un punto lontano, quasi la risposta fosse scritta in quel punto.

Non riprese subito. Meditò qualche minuto.

Anna taceva, lo conosceva. Avrebbe formulato il suo vaticinio certo nel giro di poco.

Si girò verso di lei, con sguardo sicuro e determinato. Con molta naturalezza le comunicò, senza preamboli, le sue riflessioni, forse più sperimentate che pensate: – Anna, secondo te chi si è trovato nella vita ad assumere decisioni importanti, l'ha fatto a cuor leggero? Più si sale sui gradini della responsabilità più ci si deve dimostrare all'altezza, soffrendo le scelte, ma portandole avanti in modo consapevole e in buona fede. Quando si è davanti al fatidico foglio sul quale manca la tua firma per procedere, ecco, lì sei solo. Posso immaginare come ti senti, ora. Sappi che hai il mio appoggio, per quanto possa contare, e la mia solidarietà. Sappi che la mia stima si è accresciuta nei tuoi confronti.

Lei abbassò il capo e con un misto di umiltà e gratitudine gli rispose: – Quando non se ne sente il bisogno, non si apprezzano fino in fondo i veri significati delle parole 'solidarietà' e 'appoggio', mentre ora mi sembrano acqua fresca che disseta, o meglio, thè caldo che riscalda.

Marco sorrise, guardando con le palpebre semi serrate lo stesso punto lontano.

Un cane si stava avvicinando al loro tavolo, un gigantesco e tenero Bovaro del bernese. Bianco e nero, con una pennellata bianca sulla coda, le 'calzette' bianche alle zampe e qualche macchia color bruciato sul pelo nero. Si avvicinò con il muso a Marco, che tese la mano per accarezzarlo. Lui chinò la testa, chiuse gli occhi e restò lì, porgendogli la zampa dopo qualche secondo, come ad un vecchio amico.

– Ispiri fiducia a tutti!

– Evidentemente mi ha riconosciuto.

– Riconosciuto?

– Certo, come capo branco – e rise, aggiungendo – ma no, questi cani offrono la zampa a tutti. E' il loro modo di entrare in relazione.

Anna guardava il collega amico. Aveva un'espressione spontaneamente simpatica, dietro la montatura blu che gli donava un'aria da intellettuale strapazzato, un po' sbarazzino. Gettava indietro il ciuffo pepe e sale, come al liceo, oppure il ciuffo ribelle veniva accompagnato ora da una mano, ora dall'altra là dove poi non sarebbe rimasto nemmeno un attimo, per ricadere tra la fronte e gli occhi, lasciando che lo sguardo, furbo, facesse capolino tra una ciocca e l'altra. Vestiva casual, aveva un bel portamento, e questo lo rendeva ancora più affascinante nell'affabilità dei modi e nella gentilezza d'animo.

Si compiacque intimamente dell'affetto e del rispetto che sentiva per l'amico.

– Senti – riassunse lui dopo una pausa – ti darò una mano a valutare le argomentazioni, da esterno sono più obiettivo, tu intanto chiedi appuntamento al Pubblico Ministero e io ti aiuterò a formulare la denuncia, va bene? Questo per la parte penale. Per il risvolto disciplinare chiama Alberto, è l'unico che ti possa indirizzare senza equivoci.

– Sì, grazie. Mi sarai utilissimo, di te mi fido. Ho già chiesto di essere trasferita. Chiamerò Alberto, anch'io avevo pensato a lui.

Su richiesta, Marco, la aggiornò velocemente circa le sue avventure o disavventure forensi, non senza simpatici aneddoti. Le parlò dei progressi dei suoi figli, dei quali era innamorato e della vita quotidiana con la moglie, donna dinamica e materna.

Aggiunse qualche novità su amici che si erano separati o che erano passati alla seconda o terza convivenza, concludendo: – Io sono solo alla prima!

– Ti vedo felice.

– Sì, Anna, sono, tutto sommato, un uomo felice.

Si salutarono.

Decise di rientrare a casa.

L'attesa sulle sorti del suo trasferimento le sembrava estenuante.

Strada facendo giunse alla decisione di telefonare alla Taglietti, al diavolo i tempi e l'etichetta. Non si trovava nella condizione di poter attendere oltre una risposta. Doveva assolutamente sapere che ne sarebbe stato del suo futuro professionale, se avrebbe dovuto continuare a visualizzare sé stessa a fianco di quel repellente essere, o se al contrario avrebbe potuto immaginarsi libera e sollevata, lontana, respirare aria pulita, catturare volti sconosciuti, intrecciare nuove vite.

Ecco aveva bisogno di aria!

La telefonata non la risollevò.

– No Anna, non credo ci siano le possibilità per trasferirti o cambiarti anche solo di sezione. Apparirebbe assolutamente ingiustificato.

– Permettimi di contraddirti, Presidente, ma a me, al contrario, appare assolutamente giustificato – precisò Anna in modo quasi seccato.

– Certo, da un punto di vista esclusivamente personale, concordo, ma dal punto di vista istituzionale non si sono ancora realizzate le condizioni oggettive che pongano in evidenza una motivazione fondata che permetta di accogliere la tua richiesta. Più avanti si vedrà.

Parlava cadenzando le parole, sembrava volesse misurarle, ponderarle alla perfezione per non sbagliare.

– Ma per 'più avanti' che cosa intendi? – incalzò d'impulso Anna.

– Vedi, mi è molto difficile considerare le variabili, così, ora, sui due piedi. Dovrei rivedere le calendarizzazioni già previste, dovrei parlarne con i Presidenti delle altre sezioni, non credere sia una valutazione semplice.

In Anna stava avanzando la convinzione che la Presidente, prevedendo la sua telefonata, si fosse preparata alcune risposte preconfezionate da utilizzare.

Ritenne opportuno non insistere.

Ringraziando, glacialmente, chiuse la telefonata.

Si preparò un caffè.

Ma i tempi della moka erano trascorsi, il rituale della preparazione che rappresentava esso stesso una prima fase del momento di pausa, veniva azzerato dalla velocità del led della macchina da caffè, che in una manciata di secondi cessava di lampeggiare, indicando l'inizio del processo. Dopo un'altra manciata di secondi la cremina incominciava a distribuirsi sul fondo per salire man mano lungo i bordi della tazzina sotto la spinta del caffè che, nemmeno troppo bollente, saliva dal basso, alimentato dalla successione di gocce provenienti dal beccuccio più in alto. E nella terza manciata di secondi tutto si era già esaurito, lo zucchero sciolto, l'aroma diffuso, il caffè bevuto.

Pensò che erano lontani i tempi universitari in cui il relax le era dato dal rumore dell'acqua che bolliva nella moka, dopo che i grani tostati avevano sprigionato nella stanza tutto il loro aroma, appena scoperchiato il vaso che li conteneva.

Dopo aver sdraiato la miscela nel contenitore, avvitava la moka, a volte sentendo l'attrito dei granuli rimasti sul bordo, che venivano schiacciati, ulteriormente stritolati dalla chiusura.

Poi accendeva il fuoco, spegnendo con un soffio la fiammella del fiammifero che veniva deposto nel posacenere. E attendeva, lasciando i pensieri correre fuori dalla finestra dove lo sguardo ricadeva per osservare sempre la stessa ringhiera, lo stesso brandello di giardino che segnava il correre delle stagioni, mutevole nei suoi colori a seconda dell'avvicendarsi dei profumi, dei gradi di freddo, di tepore o di calura.

A volte, quando studiava con amiche, quei pochi minuti, avevano la capacità di introdurre le prime frasi di discorsi inutili o le prime confidenze di discorsi inespressi, o le prime batture, di presumibili argomenti seri che avevano bisogno della giusta atmosfera, di tastare il terreno per poi arrendersi o ritirarsi, a seconda del grado di recezione dell'interlocutore.

Anna si bevve da sola, velocemente quel caffè e si accorse che in realtà non c'era stata pausa né di testa né di cuore. L'avrebbe solo agitata ulteriormente.

Riprese nervosamente il telefono dopo averlo cercato tra i cuscini del divano dove distrattamente l'aveva lanciato.

Cercò tra i preferiti il numero di Massimiliano.

Restò in attesa.

Lui non rispose subito, nonostante solitamente fosse sempre lì, con il dito sul telefono.

Finalmente, quando stava già pensando di riattaccare la sua voce quasi baritonale si fece largo tra i dubbi.

– Come va?

Le sembrava freddo.

– Come sempre, ormai…

Questa volta non seguì la solita frase consolatoria, seguì un'altra domanda che lei gli lanciò a bruciapelo.

– Hai sentito la Taglietti, vero?

– E tu come lo sai?

– Me l'ha detto lei.

– E, a che titolo l'hai chiamata, se è lecito?

– Al tuo medesimo titolo, come giudice che vuole sapere di che morte dovrà morire. Anche tu le hai chiesto di precisarti la data del trasferimento? – azzardò Anna, presagendo che qualche cosa fosse accaduto.

Aveva dato per scontato il deposito di una domanda di trasferimento ad altro tribunale di cui il suo collega non le aveva mai parlato con certezza, solo in via ipotetica.

Lui, senza avvedersene, le rispose con un tranquillo e scontato: – Sì.

Aveva avuto la conferma che quel vago non so che molto sfuggente, l'ultima volta, quei comportamenti enigmatici e nebulosi erano effettivamente causati da circostanze molto ben definite e reali.

Massimiliano stava trattando già da qualche giorno per un suo spostamento di sede, l'aveva battuta sul tempo. Il suo vero obiettivo ogni volta che andavano a parlare con qualcuno per chiarirsi le idee, era in realtà questo personalissimo punto.

Voleva cambiare, trasferirsi, soprattutto non

lavorare più con quei colleghi, per non trovarsi ancora in situazioni imbarazzanti e tormentate come questa.

Le possibilità erano poche, lui intendeva accaparrarsi l'unica sede libera della loro circoscrizione.

E, ora, aveva raggiunto il suo obiettivo, avendo tessuto diplomaticamente e in via riservata i suoi rapporti con la Taglietti.

Si era accertato dell'esito positivo barattandolo con l'abbandono di ogni forma di denuncia.

Aveva ottenuto la sua risposta, quella desiderata. Se ne era guardato bene dal comunicare questa nuova svolta alla collega di sempre.

Ormai si erano trovati ad un bivio e avevano imboccato ciascuno la propria strada.

Esattamente come succede nelle situazioni estreme: alla fine prevalgono i bisogni primari, non esiste più spazio per l' amicizia, se non per quella intima e resta solo un angolo per i rapporti familiari. Forse.

In pochi secondi tutto questo si srotolò nella mente di Anna, che sollevò il velo a quella verità semplice, di una linearità talmente banale da essere offensiva.

Terminò la comunicazione in modo sbrigativo, senza commenti.

Avrebbe continuato da sola: inutile chiedere l'appoggio di chi prima contesta i meccanismi di

un sistema, poi, quando gli fanno comodo, li
accetta, come un'abitudine normale e consolida-
ta.

A ROMA

Dalla capitale dipende sempre tutto.

La sorte dei grandi e dei piccoli, dello Stato e del singolo.

Anna era di nuovo sul Freccia Rossa, questa volta diretta a Roma.

Nello scomparto in cui viaggiava si trovava un ex parlamentare.

Lo scrutò a lungo, per avere la certezza che fosse lui.

Sembrava invecchiato, viaggiava da solo, senza scorta, con la sua ventiquattrore che aveva riposto diligentemente nell'apposito scomparto.

Stava leggendo un giornale. Cartaceo. Non telefonava, non rivolgeva la parola a nessuno. Si era prestato gentilmente ad un selfie chiestogli da due signore di mezza età, prima che il convoglio si avviasse verso la sua destinazione.

Loro ridevano, divertite e inviavano messaggi, probabilmente il medesimo selfie, in continuazione.

Riflettè a lungo sulle sorti umane, sulla gloria

e sulla fama. Si chiese come quell'uomo, abituato per anni ad essere trattato da principe, si sentisse ora. Non sembrava fosse depresso. Era
uno come tanti, un apparente uomo d'affari, cui
la vita aveva regalato molto. Dignitoso.

Ma in certi casi anche il molto potrebbe non
bastare, dipende dalle aspirazioni.

Scesa dal treno, salì sul primo taxi per diriger-
si al solito hotel, quello di Roma.

Abitava temporaneamente quattro dimore in
quel periodo, a seconda degli impegni di lavoro
o di vacanza.

Il risultato era che ogni mattina, nel dormive-
glia, prima di spalancare gli occhi, doveva fare
una ricognizione logistica con la mente, per non
spaventarsi: le capitava di svegliarsi di soprassal-
to e di non riconoscere subito la stanza nella
quale si trovava.

La assaliva allora una sorta di tachicardia improvvisa, che rallentava dopo qualche istante,
una volta riconosciuta la camera d'albergo, o la
casa, o la casa di villeggiatura e, fatto il punto
della situazione, ricostruito il cronoprogramma,
lasciava che alla mente riaffiorassero uno ad
uno, come tanti soldatini in fila, i diversi compiti
che l'avrebbero attesa quel giorno.

Entrò nella solita camera.

Appoggiato il trolley, colmo di pratiche più

che di vestiti, sul suo letto, uscì velocemente, tenendo d'occhio l'orologio.

Avrebbe dovuto incontrarsi con Alberto, il collega che per alcuni anni era stato distaccato al Ministero, per seguire proprio le denunce e gli esposti contro i magistrati.

Persona fidata, di poche parole, uno di quelli che lavorano seriamente, credendo in quello che fanno. Il fatto di essere a Roma gli aveva permesso di accedere alla stanza dei bottoni, dalla cui poltrona non si era limitato a farsi incensare, ma aveva condotto le sue battaglie, lottato e faticato per affermare quello in cui credeva, ogni volta e di fronte a chiunque. Sapeva che non sarebbe durato a lungo.

Si incontrarono nello studio di lui.

La segretaria la stava aspettando, non ebbe bisogno di presentarsi.

Lui si alzò dal suo lato della scrivania e si sedette dalla parte dove si era accomodata Anna.

Il caffè fu utile per un aggiornamento sugli ultimi risvolti.

Lei pensò che la concretezza delle persone la si misura dalla capacità di sintesi e dalla proporzione tra eloquenza e azione.

Si sentiva a suo agio con Alberto. Poche parole, gentilezza sincera, niente sforzi per inutili convenevoli. I formalismi non erano necessari.

Sapeva che aveva studiato il suo caso, sapeva che aveva perso tempo e ore preziose per poter essere qui, adesso, a fornirle con sicurezza i consigli che le stava pianificando dinnanzi.

– Prima di tutto non preoccuparti, ma non illuderti nemmeno: la situazione è chiara e la linea molto definita. Io ti consiglierei assolutamente di sporgere denuncia penale anche se sei rimasta sola. In caso contrario rischieresti di incorrere, in una omissione di denuncia: sai benissimo anche tu com'è, quando vogliono fregarti. E' facile: loro insabbiano, ma poi sono capaci di accusarti di inerzia e di addebitarti l'omissione di azione.

– Va bene, lo sospettavo.

– Senti, ti aiuto io. Oggi parlo con il relatore del fascicolo. Entro sera ti chiamo.

– Ti ringrazio veramente, Alberto.

– Mi fa piacere aiutare un'amica come te. Meriti tanto. Tu nel caso reciproco faresti lo stesso. Piuttosto stai tranquilla e preparati a portare questa storia fino in fondo.

Anna lo guardò, interrogativa.

– Smetti di rimuginare! E' l'unico comportamento da tenere, l'unica strada corretta da percorrere e devi farlo e…Anna, è giusto così. Capito?

Lo abbracciò, quasi commossa. Si sentiva

fragile, in fondo.

Anche lui la strinse in un abbraccio solidale. Sapeva perfettamente quale fosse lo stato d'animo dell'amica. Aveva provato molte volte la stessa cosa.

Sapeva che spiegarlo ad altre persone non avrebbe potuto essere di sollievo: capisce chi sperimenta e chi ricorda.

Anna uscì.

Camminava molto velocemente. Voleva arrivare in tempo nei vari uffici dove sapeva che avrebbe trovato persone fidate, a cui chiedere, già in mattinata, prima che chiudessero: aveva intenzione di sapere con certezza che cosa fosse stato trasmesso dalla Taglietti; se la commissione competente delle sanzioni disciplinari avesse calendarizzata un'udienza.

Salutò il commesso che già si stava addentando un panino: – Buongiorno a lei, mia dottoressa! Tutto bene?

– Sì, sì, la ringrazio. E lei?

– Lei è una donna che corre troppo! Dia retta a me. Vada piano, piano…Le belle donne devono stare tranquille.

Anna gli restituì un sorriso, divertita.

Corse su per le scale. Si pentì di quella gonna a tubino troppo stretta, di quei tacchi scomodi.

Riuscì a raggiungere l'archivio n. 2, la sezione che le interessava.

Si accaparrò il plico di pratiche raccolte in faldoni usurati, dai colori pastello, coperti da una patina di tempo sprecato.

Qualcuna si era scollata: doveva prestare molta attenzione a ricomporre simmetricamente le parti.

Finalmente il suo: lo aprì, di scatto e se lo avvicinò agli occhi.

Lesse frasi molto blande, che dicevano tutto e niente.

Che si concludevano nell'esito: richiesta di archiviazione.

Rilesse tra sé la parola 'archiviazione'.

Richiuse la pratica per rileggere il nome delle parti.

La riaprì e ne riesaminò ancora una volta il contenuto.

Passò in rassegna la documentazione e impiegò dieci secondi in tutto a farlo: il suo esposto con la narrazione dei fatti, una spiegazione del suo Presidente, una nota molto 'soft' della Taglietti e la richiesta di archiviazione della controparte, di due giorni prima, sostenuta da debolissimi ragionamenti incoerenti. Poi la proposta del magistrato istruttore di archiviazione.

Sentì il sangue arrivarle alle tempie, rilesse ad alta voce, incredula.

Questa volta una vera tempesta da nervi tesi le percorse il torace, costringendola per un attimo a sedersi sulle sedie di plastica che contornavano il già stretto corridoio.

Non poteva essere che volessero archiviare, anzi insabbiare tutto così velocemente, non poteva credere che alla sua azione non fosse seguito nulla, assolutamente nulla.

Tornò sui suoi passi per memorizzare il nome del giudice competente.

"Figuriamoci" pensò tra sé e sé " proprio a questo compagno di merende dovevano affibbiarla, certo….".

Incontrò una collega incinta, si impose di fermarsi un attimo per complimentarsi e chiederle come stesse: sentiva le gambe muoversi autonomamente, in un fremito incontrollato, non vedeva l'ora di terminare quella conversazione così lontana, in quel momento, dal suo mondo che sembrava crollarle addosso.

– La morfologica del quinto mese….

Si era persa il sunto del discorso, facilmente immaginabile, quindi attese la conclusione per chiederle, mentre indietreggiava per allontanarsi, di mandarle un messaggio qualora avesse voluto conoscere il sesso del nascituro.

– Non mi interessa molto…

"Benissimo" pensò Anna tra sé, "allora nemmeno a me!"

Si salutarono, si sforzò di fingere coinvolgimento e solidarietà. Perché sapeva di dovere solidarietà a quell'altra donna, che forse aveva un pensiero in più di lei, ma con la quale in quel momento non poteva sentire condivisione.

Si impegnò comunque, si complimentò.

Tutto ciò che avvertiva era un'agitazione diffusa, un'irrequietezza indomabile.

Le dispiaceva la sua aridità, compiva con fatica i tentativi di empatia con la collega, una donna in gamba, simpatica, che anche lei stimava molto.

Quel giorno la sua anima era anestetizzata.

Ripreso il cammino, imponendosi una sorta di calma artefatta, decise di telefonare all' ex compagno di lavoro che, chissà per quale inconsapevole motivo, non appellò Massimiliano con il confidenziale nome di battesimo, ma riprese a chiamare Chizzini, con l'antico spirito di colleganza.

Forse la ragione era che ora, in effetti, non lo riconosceva più.

— Chizzini, sono Anna, disturbo?

— Scusami, sto andando di fretta ad un appuntamento con l'avvocatessa Frugari.

— Da quando un giudice ha appuntamenti inderogabili con un'avvocatessa, scusa?

— Ma no. È per la separazione di mia sorella. Ti chiamo appena esco.

Non la richiamò, né quel pomeriggio, né la mattina successiva.

Dopo pranzo, Anna ritentò, molto perplessa per l'atteggiamento poco educato del collega che rassomigliava sempre più ad un riccio appallottolato su sé stesso.

– Sono a Roma. Ho visto che è stata presentata richiesta di archiviazione. Lo sapevi? – gli chiese a bruciapelo quando finalmente riuscì a parlagli.

– Sì, mi sembra mi abbia detto qualche cosa Girolami…

– E com'è che questa volta non ti è sembrato di dover dire qualche cosa anche a me, visto che l'avevamo firmata insieme?

– Senti Anna, noi dobbiamo parlare.

– E' quello che sto cercando di fare da due giorni….

– Insomma, spiegami che cosa ci possiamo fare.

– Possiamo chiedere di essere sentiti, ad esempio. Ti ricordo che l'abbiamo incominciata insieme questa storia e ora ho la netta sensazione che tu la voglia abbandonare, anzi che tu l'abbia già mollata senza dirmelo.

– Devo raccogliere un po' le idee, mi sento molto confuso.

– Raccoglile una ad una, sperando tu ne abbia da raccogliere, poi per cortesia, chiamami.

– D'accordo.

– Ma di quanto tempo hai bisogno per la tua raccolta?

– Dai, non scherzare!

– E chi scherza?

– Almeno di qualche giorno.

Anna intuì che non era il caso di insistere, anche se spontaneamente avrebbe voluto ferirlo con un sarcasmo sempre più offensivo.

Non le restava che ritornarsene in hotel, dove le sentenze arretrate si stavano accumulando sul tavolo da lavoro.

Decretò con sé stessa, improvvisamente, verso sera, di procedere a modo suo: non avrebbe potuto sostare a lungo a Roma in attesa dei chiarimenti di idee di quel tipo.

Cancellò la pendenza personale con Chizzini che ora non rappresentava per lei che un altro estraneo nella lista degli ex amici.

Non riflettè nemmeno molto sulla conclusione di un capitolo del quale da giorni conosceva perfettamente il finale.

Telefonò e chiese un appuntamento con il Pubblico Ministero, per essere sentita e per depositare la sua denuncia, come le avevano consigliato di fare Marco, da avvocato, e Alberto, da collega.

Lei sola.

Doveva assolutamente fornire la sua versione

dei fatti.

Aveva dovuto, delicatamente, e con tutta la gentilezza di cui era capace, insistere per essere sentita a breve, per non rischiare di rendere vano il suo intervento.

Le venne infatti accordata udienza per la settimana successiva, di lunedì mattina, a mezzogiorno.

L'agitazione che ormai la possedeva si era affievolita.

Era consapevole che l'incertezza delle situazioni, spesso, causa maggiore destabilizzazione di una notizia che, seppur infausta, può essere assoggettata al controllo umano e trattata adeguatamente, a seconda del caso.

La confusione sul cambiamento della realtà che stava vivendo, l'incomprensione verso ciò che si stava trasformando da lineare e ben definito in ambiguo e oscuro, la delusione per il comportamento del collega, l'assenza di trasparenza circa l'iter che la sua pratica stava seguendo, tutto questo, nonostante la razionalità del suo carattere, la faceva sentire come un arbusto in balia di un forte maestrale.

Avrebbe soffiato per giorni.

Aveva trascorso a casa, nel suo studio, i momenti dell'attesa, in modo da poter recuperare un po' del lavoro arretrato.

Li affogò, tra codici, giurisprudenza e sentenze. Passarono veloci.

Tornò a Roma la domenica sera, questa volta con un volo low cost.

Squillò il telefono. Era Stefania, l'amica lontana, ma vicina.

Già dal tono di voce del primo 'Come stai?' si intesero.

Anna riassunse le ultime puntate della questione.

Stefania la ascoltò, in silenzio, senza commenti. Si dispiaceva per lo stato d'impotenza in cui si trovava. Avrebbe voluto aiutare in modo più concreto l'amica che sentiva preoccupata, ma il suo era un ambito distante, di altre competenze.

Si limitò a pensare ad alta voce: – Mi sento doppiamente impotente, non posso far altro che sostenerti con l'unica vicinanza che mi è possibile, quella della voce e dei pensieri. Mi dispiace che tu debba affrontare da sola il Pubblico Ministero, ci fosse stato almeno Massimiliano, invece lui non ci sarà, giusto?

– No, se ne è tirato fuori, senza parlarmene, senza ammetterlo chiaramente, forse nemmeno a sé stesso. Ora l'ho mollato io, lui non lo sa ancora. Non lo chiamerò più e basta. Io continuo, ormai ho deciso: Alberto mi ha dato una mano, per la formulazione precisa della denuncia che, questa volta, presento personalmente: chiederò di valutare ancora, non so perché ma sono certa che qualcosa di buono ne uscirà, alla fine.

– Bene, fidati di lui. Mi sento impotente anche come semplice cittadina: data la piega complicata che ha assunto ormai la situazione, sia dal punto di vista umano che professionale, sono portata a concludere che l'intento e l'azione del commettere illeciti siano più facilitati rispetto all'intento di chi si adopera per sollevare e denunciare le medesime ingiustizie.

– Anche a me sembra così…

– Comunque, ti scongiuro, non avere tentennamenti, ripensamenti o pentimenti. Hai intrapreso la strada giusta, devi raggiungere un obiettivo e questa è l'unico percorso, difficile, ma necessario. Sarai sollevata quando a tutto questo sarà posta la parola 'fine'. Ora ti trovi nella fase determinante. Basta ancora qualche piccolo passo. Non mollare. Metti in conto un pò d'agitazione, anche momenti di tensione, che fanno parte del coraggio, così come la paura, che forse ti assalirà. Scacciala via con una scopa, noi siamo streghe!

Sorrisero.

– Lo so. Grazie Stefania.

– Se fossimo meno distanti, verrei con te, per accompagnarti.

– Figurati, non te lo permetterei. E' una cosa che devo fare io.

– Va bene, ti chiamo domani mattina, prima
che tu abbia udienza.

– A domani, notte.

– Notte.

DAVANTI AL PUBBLICO MINISTERO

Dormì forse tre ore in tutta la notte.

Durante quelle pause dalla veglia, in un sogno turbolento, si era ritrovata a correre sotto la pioggia che le sferzava la pelle, gelida. Le impregnava gli abiti e le scarpe, battendo su altissimi muri di cemento che fiancheggiavano una strada allagata e sdrucciolevole, tragicamente vuota e deserta. Infinita.

Vedeva se stessa correre, si sentiva il cuore in gola, in preda ad un affanno crescente, invasa da un serpeggiante senso di panico. Non conosceva la meta di quella corsa, in quel deserto, sapeva soltanto di essere sperduta in un silenzio senza orizzonti il cui rumore, di colpo la svegliò.

Placati i primi battiti di tachicardia, spalancò gli occhi, si mise a sedere sul letto e accese la luce.

Si guardò intorno qualche istante, respirando profondamente.

Prima del previsto, stranamente, ritrovò calma e lucidità.

Sveglia, come se fosse giorno.

Spense di nuovo la luce e si imbustò nel letto.

Si rigirava continuamente sotto il piumone caldissimo, quasi questo tepore avesse un potere lenitivo e incoraggiante.

Stava già guardando oltre.

La rasserenava l'idea che questo sarebbe stato uno degli ultimi passi, uno degli ultimi gradini, dopo di che lei, nel limite del suo raggio d'azione, aveva esperito e tentato tutto il possibile.

Era rincuorata dal sostegno dei suoi affetti, arginava la profonda afflizione che la pervadeva.

Pensava, continuamente, la sua testa era un turbinio di congetture.

Considerava un prima e un dopo.

Il suo esercizio consisteva nel lasciare spazio ad una consapevolezza nuova, anticipata da un'invadente disillusione: ora la sua vita non sarebbe stata più la stessa, sarebbe cambiata.

Era giunta alla conclusione che avrebbe dovuto rappresentarsi diversamente la propria immagine, anche mentalmente.

Perché ora c'era un prima e un dopo.

Prima era una donna, con le sue certezze, i suoi rapporti solidi, la stima e la colleganza di molti magistrati, che viveva giornate sì e giornate no, ma che si susseguivano su un percorso consolidato, già sperimentato e soprattutto socialmente e universalmente accettato.

Ora non era più così: ora lei era la pecora nera, ora il socialmente accettato non era più racchiuso dagli stessi confini perché lei stava andando controcorrente.

Ora affiancarla, avrebbe significato la condivisione delle sue posizioni e quindi la maggior parte dei colleghi, anche se non tutti, se ne guardavano bene dall'accompagnarsi con lei o anche solo dal mostrarsi, pubblicamente, rivolgerle la parola.

Tutti sapevano, tutti tacevano. Muti.

Doveva riprogrammare la sue modalità di relazione, considerare troncati rapporti di lunga data, svaniti, sciolti come neve al sole, dall'oggi al domani.

Si sforzava di racimolare certezze rassicuranti e stilava continuamente lo stesso elenco: la famiglia, e ne contava i componenti, questi c'erano; gli amici di sempre e li numerava, con scioltezza, compiacendosene perché questa scioltezza era sinonimo di verità, anche loro c'erano, senza esitazione. "Poi?" si domandava.

Lista colleghi…

Frugava nella mente e faceva riemergere telefonate di vari giudici, sezionandone anatomicamente i toni, più o meno agghiaccianti, per decidere da che parte porre l'uno o l'altro, se dalla parte dei buoni o dei cattivi, di quelli che ancora c'erano o di quelli che non c'erano più.

Si presentò nella numerazione anche il cardiologo: un'altra parte importante che si era infiltrata nella profonda intimità del suo animo.

Lei, nel compiersi della storia, gli aveva creduto.

Un altro lutto, più o meno segreto. Che le doleva.

Non le restava quasi nulla di quel rapporto, se non pochi messaggi e qualche mail, qualche fotografia sul telefonino, un libro, unico oggetto tangibile, poche tracce di una 'vicenda' come lui l'aveva liquidata, che per lei aveva avuto il sapore e la speranza di una storia, appassionata.

Poi bruciata, come un fuoco troppo acceso che carbonizza e colora irrimediabilmente di tinte notturne qualsiasi brandello di qualunque cosa, su cui nessun germoglio potrà più far capolino, nemmeno in primavera.

Accese di nuovo la luce e guardò l'ora sul telefono, perché senza lenti non vedeva le lancette dell'orologio.

Erano le tre e dieci del mattino.

Si alzò, si avvolse in una pashmina di cashmere color panna, che portava sempre con sé, come la coperta di Linus.

Spense di nuovo e lasciò che la luce della città penetrasse tra le tende appena accostate: le case dormivano nella loro ombra, allungata sulle strade vuote, costellate dalla successione instancabile dei punti luce dei lampioni, che sembravano eterni.

Dal vetro della finestra le cime, immobili, si muovevano, impercettibilmente, davanti ai suoi occhi che vedevano più di un contorno, palpitante sfavillio di piccoli fulgori.

Si sentiva calma.

Una saggia placidità aveva impregnato il suo essere, come una vittima sacrificale che avanza verso il proprio altare, senza possibilità di ritorno, eretta e dignitosa nella sua solitudine.

Stava afferrando il calice previsto e lo stava bevendo d'un fiato per dare un piccolo contributo ad un sistema, non all'umanità, ma ad un sistema, nel quale si era trovata suo malgrado invischiata.

Si augurava soltanto di voltare pagina, aveva voglia che tutto questo passasse, velocemente e l'avvicinarsi della conclusione le faceva pregustare la pace in cui sperava di poter nuotare.

Vedeva qualche automobile o meglio i fari rosso brillante delle automobili, sfrecciare sulle strade deserte, ma anche il loro rumore giungeva attutito.

Sia l'esterno che il suo intimo le regalavano una quiete imperturbabile.

Era trascorsa solo mezz'ora, la notte avanzava, lenta.

Inforcò gli occhiali, estrasse dalla borsa l'Ipad con il libro appena incominciato e si infilò di nuovo sotto il piumone: voleva tuffarsi in una storia non sua.

Accendendolo, vide che aveva ricevuto un messaggio, del quale non si era accorta prima.

Era Ferdinando.

Le chiedeva semplicemente: – Come stai? Ho avuto paura. Posso chiamarti?

Se sentì inondare di gioia. Ma non gli rispose. Non ora. Sapeva, in cuor suo, che l'avrebbe fatto.

Aveva contattato in tempo utile un avvocato per un ulteriore consiglio, uno che non faceva parte della cerchia dei suoi amici di famiglia, in modo che nessuno potesse dubitare di privilegi dettati da legami pregressi.

Uno di quei professionisti, tra l'altro, che non manifestano particolare simpatia per la categoria dei giudici in senso lato; era anzi piuttosto manifesta e risaputa questa sua idiosincrasia.

Piccolo, grassoccio, avanzava saltellando, osservava tutti da sotto in su, arcigno nei modi. Lanciava sguardi roteanti, carpiva ogni minimo particolare da persone e situazioni e lo registrava nel suo archivio mentale.

Possedeva anche poco savoir-faire. Gli mancava tutto quello che si usa definire 'physique du role'.

Le era stato presentato da un amico, di lui si fidava: sapeva che non era uno di quegli avvocati che, come si dice, frequentano il bel mondo, per opportunismo.

In un'intervista, una volta, commentando la proposta di legge sulle incompatibilità dei magistrati aveva avuto modo di prendere una posizione dura sulla commistione magistratura-politica.

Sempre corretto nelle sue posizioni, anche sulle riforme del codice: un garantista, ma non un estremista.

Le fornì una serie di indicazioni

Alla fine, quando Anna, accomiatandosi, gli comunicò per formalità che si sarebbe recata in segreteria per lasciare il fondo spese, lui la bloccò: – No, lasci perdere.

Anna insistette. Non era proprio il caso di perdersi in quelle piccolezze.

Lui le spiegò: – Guardi che non è che non la faccio pagare perché lei è un magistrato, ma perché farei così con tutti. Vediamo cosa succede in seguito.

Anna tacque. Ringraziò e uscì.

Rifletteva, su come il rapporto avvocato e magistrato fosse cambiato nel corso degli ultimi anni: le venivano in mente alcune frasi del testo sacro, che un professore con cui aveva lavorato le citava sempre "Elogio dei giudici scritto da un avvocato" di Calamandrei.

Si chiedeva e commentava con sé stessa "perché abbiamo perso quel rapporto di stima, di rispetto nel diverso ruolo? Perché i magistrati pensano di essere più bravi degli avvocati e gli avvocati di lavorare più dei magistrati? Quando si è persa 'la fede nei giudici' che richiama Calamandrei? Per non parlare del galateo giudiziario e dell'abbigliamento…"

Scorrevano davanti ai suoi occhi immagini di uomini che lungi dal presentarsi in giacca e cravatta, o comunque in abbigliamento consono al decoro richiesto, si muovevano per la aule in toga e infradito, più simili a personaggi in accappatoio o in lugubre vestaglia che a personaggi forensi. Avvocatesse che, con scollatura davanti e dietro, scambiavano quelle aule per passerelle, o spiagge, come i loro colleghi con le infradito.

La gomma americana in bocca, il telefonino squillante nel silenzio della discussione, come fossero tutti pediatri reperibili o idraulici del servizio al pronto intervento, impossibilitati a staccare per tre minuti il cellulare.

E pensava che forse, ormai, i rapporti tra le cosiddette professioni erano avvelenati da una metastasi irreversibile: avvocati contro commercialisti e viceversa, all'insegna del 'perché loro sì e noi no?', architetti contro ingegneri sempre alla carica, avvocati contro medici e medici contro avvocati, a discapito della responsabilità, come unica arma contro la malattia, a discapito della speranza, guerre di compagnie assicurative, che spalancano le porte a sciacalli laureati…

Riprendendo il filo dei suoi pensieri cercò di concentrarsi, per concludere, quasi rassegnata: "Certo non devo aver fatto un bel regalo a questo tizio, se è vero che la più grande sciagura che può capitare ad un avvocato è avere un magistrato come cliente!"

Anna fu sentita praticamente subito, consigliata dal suo difensore. Le aveva anticipato gli argomenti e dissipato ogni dubbio, chiarendole le idee sull'iter che questa fase avrebbe seguito.

Il Pubblico Ministero era un uomo di sessantacinque anni. Aveva guadagnato la fama da duro e se la portava orgogliosamente con sé. Durante la sua carriera si era occupato di criminalità e infiltrazioni mafiose, indirizzando, soprattutto negli ultimi anni, l'intera sua professionalità in quel settore.

Era, come si suol dire, navigato.

Anna vestiva tailleur nero e camicetta di seta bianca, tacchi medi, calze invisibili.

Un filo di trucco e un foulard, coloravano il

suo volto, quasi diafano, molto serio. Lo sguardo più vitreo e determinato che mai.

Entrò con una falcata decisa, strinse la mano per un saluto doveroso, senza un sorriso.

Poi si accomodò sulla poltrona a lei riservata.

Aleggiava una gelida distanza tra lei e il suo interlocutore: pur essendo colleghi, lei in quel momento era una cittadina qualunque.

Qualche attimo di silenzio avvolse di solennità l'interrogatorio.

Il fruscio della carta che accompagnava ogni spostamento di fogli appariva come il sottofondo sonoro di un lento cerimoniale mortuario.

Ogni gesto compiuto trovava pienezza in sé stesso, accompagnato da misurati sguardi e enigmatiche espressioni.

Ogni attore, anche minore, dalla minima battuta, si riferiva al Sacerdote, che veniva onorato con timore reverenziale e inchini raccolti. I suoi cenni erano impercettibili, una danza macabra di passi attesi, prima di osare una qualsiasi azione verbale.

Un'enorme bolla di sapone di dimensioni indefinite, avvolgeva ora Anna, rispecchiandone, nell'iridescenza cangiante, le emozioni che scivolavano via da lei, lasciandola calma, quasi distaccata, in quell'attesa scandita solo dal rumore della carta e da silenzi.

Si iniziò con le frasi di rito, Anna prestò giuramento.

Il Pubblico Ministero le chiese in tono freddo di procedere all'esposizione dei fatti.

Anna sintetizzò l'evoluzione degli eventi, pur con la dovizia dei particolari necessari, la voce ferma e sicura.

Non si rendeva conto dell'importanza del momento, esponeva argomentando giuridicamente, senza tralasciare nulla.

Il sostituto procuratore, di fronte a lei, si appoggiò la mano al mento, puntando il gomito sul tavolo.

Muoveva qualche gesto di assenso del capo, sincronizzato sui punti cardine del racconto dei fatti. Quelli a lei favorevoli.

Poi appoggiò le braccia conserte al tavolo, reclinando il capo verso di lei. Si scostò la cravatta, corrugò le ciglia.

Le stava prestando molta attenzione, i suoi occhi penetravano il racconto, lasciando trapelare qualche tenue commento attraverso lo sguardo.

Le sorrise e chiosò: – Ho capito. Lei è stata lasciata sola.

Poi tacque.

Lei continuò a parlare.

Ora sembrava disteso.

Alla fine dell'esposizione dei fatti le espresse

il suo pensiero: – Sa che il lavoro collegiale è difficile. Anche molti dei miei incontrano le medesime difficoltà, ora che la mentalità dei tempi è cambiata. Svolgo questo lavoro da decenni e sa cosa le dico? Non percepisco più minimamente la consapevolezza della nostra funzione, la dovuta consapevolezza che si meritava il rispetto, una volta, per il nostro ruolo.

Manca, in qualcuno, il senso di responsabilità, manca lo spirito che univa e sosteneva un collega ad un altro. Vedo e percepisco prevaricazione e arroganza. Dobbiamo essere forti. E continuare a lavorare. Con rettitudine e correttezza. Servono rettitudine e correttezza. E' l'unica nostra salvezza. E' l'unica strada che conduce alla giustizia. Continui quindi nel suo lavoro come sta facendo, collega!

Aveva parlato quasi a sé stesso, con un tono di voce più sussurrato che oratorio, come un vecchio e saggio padre. Le si era rivolto con tono comprensivo e benevolo. Lei aveva interpretato queste sue ponderate parole e le modalità con cui erano state espresse come una professionale comprensione.

Non sentiva più alcuna tensione e la paura era stata assorbita da una nuova forza, che l'aveva pervasa.

Anna uscì da quella porta volando.

I piedi accarezzavano il pavimento, le gambe levitavano, leggiadre, il suo sguardo benediva i passanti, i muri della case, la vita sembrava ritornata semplice, un gioco.

La saggezza dell'esperienza di quell'uomo miscelata ad una buona dose di umanità, erano state come un farmaco lenitivo e risolutore di un dolore non codificabile, la cui origine non si capiva se fosse la testa o il cuore.

Incontrò un suo Professore, un docente universitario con il quale avrebbe dovuto collaborare per un lavoro di ricerca. Lui camminava piano, poi affrettò il passo. Finse di non averla vista.

Anna lo fermò appositamente, per un saluto:
– Sto uscendo ora dalla procura, ho….

– Lo so – rispose lui, interrompendola e continuando a non guardarla – ho saputo.

Non aggiunse parola.

– Ci dovremmo sentire per iniziare quella ricerca per la pubblicazione di… – proseguì Anna, alquanto stupita per l'atteggiamento dell'accademico. Lo guardava.

Lui si stava già allontanando, a lunghi passi.

– Non se ne fa più nulla – si limitò a risponderle, senza aggiungere altra spiegazione.

Si sentiva una Anna Karenina del foro. Aveva osato tradire. Tradire le eminenze grigie, i vecchi lupi, che non si mangiano tra di loro, come diceva sua nonna.

Si trovava nella steppa siberiana.

Scrisse d'impeto un messaggio, al suo amico Alberto: – Ho parlato con il PM. Mi sembra sia andata bene. Però mi assale un dubbio: ne valeva la pena?

Anna attese e vide sul display che lui stava scrivendo. L'amico le stava immediatamente rispondendo.

Continuò a fissare il display

Giunse la sua risposta: – Ne valeva la pena per te, per il tuo orgoglio, per la tua autostima. Ricorda che l'esposto era stato sottoscritto anche dal tuo collega e la figura del tuo presidente è emersa per quel che è.

Ne è valsa la pena perché se non lo avessi fatto te ne saresti pentita, ti saresti chiesta 'perché ho taciuto come tutti gli altri che prima ne parlano male e poi fanno finta di niente e anzi lo coprono?'

Ne è valsa la pena perché d'ora in poi tutti sapranno con chi hanno a che fare: una donna con le palle. Ne è valsa la pena anche agli occhi di tanti soloni e moralisti.

I tuoi dubbi albergano perchè trovano base in un contesto, quello del nostro ambiente, piccolo e gretto pieno di ipocrisia e pressapochismo dove l'unico valore, almeno per molti, sono i soldi e i fatti propri (per non usare il termine più giusto che è volgare).

Lascia perdere che altri avrebbero ignorato o fatto finta di niente: gli altri sono altri e tu sei Anna, punto.

Ne è valsa la pena perché potrai guardare tutti a testa alta e dritto negli occhi. Se un'archiviazione ci sarà, comunque a tutti – dico a tutti – quelli che hanno conosciuto la situazione rimarrà il dubbio se il tizio ha preso soldi o altro veramente.

E poi hai voglia a dire male di quelli come te, hai dimostrato coraggio e dirittura da vendere a tanti, anche ai quaquaraquà che si tingono i capelli e a quelli che non lo fanno… 'Capisci a mme'!

Te lo dico io che ho sempre affrontato i fiumi controcorrente, perdendo e ricominciando da capo. Vai avanti per la tua strada e non guardare mai indietro.

Alzò lo sguardo dall'Iphone. Guardò oltre le teste, oltre le persone, oltre la strada.

Superò il vecchio professorone, fermo ad uno stop, vide con la coda dell'occhio che la scrutava e che poi la seguiva, con lo sguardo, stupito.

Lei era già passata oltre, senza più guardarlo.

Non si era più voltata indietro.

NOTE DELL'AUTRICE

Ho scritto questa storia pensando a un'amica a me molto cara. E' una persona che conosco da circa trent'anni, alla quale sono legata da un'amicizia sincera.

Si è guadagnata un importante ruolo nella vita e nel foro, con la forza del suo studio e del suo grande impegno, ha lottato per mantenere difficili posizioni, a volte sola, contro quasi tutto e quasi tutti. Ho visto le sue scelte sul campo, erano azioni e non parole. Ho misurato quanto le ha pagate.

Desidero raccontare, senza scendere in eccessivi tecnicismi giuridici del caso e delle sue procedure, i sentimenti che prova chi si dice 'abbia coraggio': nessuno combatte volentieri, nessuno lo fa a cuor leggero, nessuno trova facile l'opposizione a un ordine costituito. E' sicuramente più semplice seguire la corrente e da essa farsi trasportare.

Questo libro racconta che in qualcuno prevale, di fronte ad un bivio importante, un forte senso del dovere, che viene interpretato, troppo banalmente, come assenza di paura.

Molto spesso, anche se non sempre, questo qualcuno

è donna: non teme la verità, la guarda in faccia e non si cura di troppe convenzioni.

Credo che, in generale, ci si dovrebbe arrendere di più all'antico senso di giustizia che, se diffuso e sentito, potrebbe renderci liberi e elevare noi e questo nostro disastrato paese. Che, non dimentichiamolo, non è nostro: lo stiamo vivendo come se lo possedessimo, ma lo dovremo, prima o poi, consegnare ai nostri figli e alle generazioni che verranno dopo di noi.

Paola Cominotti

RINGRAZIAMENTI

Un grazie sincero al caro amico prof. Agostino Garda, che rappresenta un filo con il mio passato, nel ricordo di mio padre Lino, per la profonda somiglianza di spirito con lui, e con il mio presente, nel mondo dei libri.

Grazie agli amici della Fondazione Nymphe Castello di Padernello *per la loro sempre gentile disponibilità nei miei confronti.*

Un grazie a mia mamma, che, come spesso capita, mi ha corretta: in questo caso, da brava ex insegnante, sviste e imperfezioni di forma.

Un grazie a Gian Angelo che mi ha aiutato per la parte tecnica e con le sue eterne e numerose critiche, che però qualche volta (ho detto: 'qualche volta') servono.

Un grazie alle mie amiche e ai miei amici, loro sanno di esserlo, perché hanno spesso aiutato anche me, quando, in un periodo della mia vita, mi sono trovata ad assumere responsabilità pubbliche. Non ero sola perché con loro ho potuto parlare, anche discutere, sentendomi sostenuta. Non l'ho dimenticato.

Un grazie all'amica, anche lei sa di esserlo, che mi ha suggerito qualche dritta giuridica, indispensabile nella stesura del libro.

Un grazie a chi, dopo aver letto queste pagine, prenderà ispirazione dalla storia (la fine vera è che Anna ha vinto la sua causa) nell'affrontare qualche bivio che la vita avrà deciso di presentargli dinnanzi: almeno il messaggio non sarà caduto nel nulla.

Paola

INDICE

Nota sull'autore

Paola Cominotti è nata a Orzinuovi, in provincia di Brescia, nel 1964. E' sposata e ha tre figli. Si è laureata in Giurisprudenza. Non ha mai esercitato la professione forense per dedicarsi al settore delle risorse umane. Dopo un'esperienza come amministratore pubblico, ora è titolare della casa editrice Angolazioni.

www.ingramcontent.com/pod-product-compliance
Lightning Source LLC
LaVergne TN
LVHW051525170726
843492LV00006B/1625